献给思想者的手信

图书在版编目（CIP）数据

生死回 / 黄艳儒著. — 广州：华南理工大学出版社，2019.12
　ISBN 978-7-5623-6187-9

　Ⅰ. ①生… Ⅱ. ①黄… Ⅲ. ①随笔-作品集-中国-当代 Ⅳ. ①I267.1

中国版本图书馆 CIP 数据核字（2019）第 267442 号

生死回
SHENGSI HUI
黄艳儒　著

出 版 人：卢家明
出版发行：华南理工大学出版社
　　　　　（广州五山华南理工大学 17 号楼　邮编：510640）
　　　　　http://www.scutpress.com.cn　E-mail: scutc13@scut.edu.cn
　　　　　营销部电话：020-87113487　87111048（传真）
责任编辑：王　磊
印　刷　者：广州市人杰彩印厂
开　　本：787mm×1092mm　1/32　印张：7.5　字数：168 千
版　　次：2019 年 12 月第 1 版　2019 年 12 月第 1 次印刷
印　　数：1～5000 册
定　　价：49.00 元

版权所有　盗版必究　　印装差错　负责调换

序　言

　　一种腾云驾雾的感觉，一直在梦里出现。来到这个世界上的几十年，和大多数人一样多是在梦里的。

　　一个从事武器制造的兵器监造工程师，在兵工厂当军事代表，一干就是十年，验收合格的一九八二年式9毫米微型冲锋枪数以万计，至于之后这世界上独一无二的枪支都跑到了哪里，有多大的用场，是否真正干了"杀人的勾当"？就如同家谱里最上端的祖先繁衍了无数子孙一样，根本不知道现在的后人在干什么。是人中龙凤还是地痞流氓，或早就"断子绝孙"？定是不得而知。十分搞笑的是，及至末了，最后的职业居然是改头换面，摇身一变，任职于一家可以说是超大型的三甲医院，穿上了"救死扶伤"的外衣，且还是CEO，真有点"放下屠刀立地成佛"的"滑稽"。但事实就是如此，人算不如天算，天算同样会变，人生有时就是"捣乱"，和风细雨转瞬电闪雷鸣，艳阳蓝天之后的狂风暴雨，考验着"物竞天择"的观念，生命里自是司空见惯。生死矛盾，"杀人"救人，是为作者本人。

　　一个充满了矛盾的载体，一副如同常人般的骨骼，附赘着多少的脂肪和鼓起的肌肉，在"活着"的时日里，努力用世间的各种"知识"填充自己道貌岸然的躯壳，为的

是活出个"精彩的人生"。因为职业的"过敏",似乎有了异样的不同。纠缠不清的生死大结,如同弥漫在矛盾中的整个世界,烦恼并困扰着不止作者本人的族群。因之也就有了这十多万字的随心所欲,"无病呻吟",甚至是歇斯底里的"狂呼乱叫"。

黄河出巴颜喀拉山,九曲十八弯,从桀骜不驯的奔腾狂放,到融入大海时的开阔舒缓,就如同演奏着一部跌宕起伏的人生交响乐。出生在黄河入海口百里滩涂的我,儿时的眼中,是宛若绸缎的河面,是黄蓝交融的平静,是河海相连的广阔。独具特色的平日里泛着盐碱的白土地,似乎挣扎并高亢地告诉后人这里曾经的春秋故事:谋略家鼻祖姜子牙、首霸齐桓公及管仲、鲍叔牙和晏婴等英雄豪杰,以及孙膑、田忌和"兵家至圣"孙武,都在不屈不挠、英勇顽强地宣示着这块土地的深厚底蕴和激情浩荡。尤其那奔腾万里、长途跋涉的黄河黄,瞬息被浩淼无际的渤海蓝吞淹,但仍然是千百年来奔腾不息、源源不断。这极其壮观的黄蓝交汇,绝不单纯是为好事的今日游人,提供一个很是"扎眼"的壮丽景观,那不屈不挠、勇往直前的"倔",才是这块土地真正想要表达夙愿的"盐"。

黄河之水,浸染了华夏民族的辽阔,使得子孙烙上了特有的黄色符号;一望无际的渤海,用深不可测的神秘,升腾起蓝的飘渺。很有幸自己一出生就赤裸降生在这块土地,并在这视为母亲河的摇篮里成长。物质的贫瘠和精神的富饶,是对这块土地最合适的抽象。当先人们关于"广

序言

饶"的祈愿，不是"广阔富饶"，而是被"穷得都去讨饭"替代时，如若没有勤耕细作，面朝黄土背朝天的倔劲，并口口相传那似是而非的"英雄故事"，恐怕时至今日，这美丽富饶的石油之城，仍旧是一片物质的荒芜和精神的贫瘠。这就是我深爱着的故乡——黄河入海口的山东东营。

儿时记忆里的春夏秋冬是那样的四季分明。有的不只是春花秋实、夏雨冬雪，多的是冬的白、秋的黄、夏的蓝和春的绿。春夏秋冬的季节变换，不光是晕染了天地万物的五颜六色，更多的是涂抹着黄河滩涂祖祖辈辈靠天吃饭的人们对"吃饱肚子"的"愿"。这块时至今日仍旧是不断地冒着盐碱的土地，既是在诉说自己的不易，表达自己的故事，更是在鼓励和警醒后世子孙要秉持高尚品质，不畏艰险，努力向前。放在人类历史的长河里，齐楚燕韩赵魏秦的故事并不久远，头把交椅尊位愣是让齐的后人骄傲了千年。至现代为民族御倭寇、为自由战强敌，拼命疆场，毫不惜命，英勇顽强，尤为那一路拼杀、所向披靡，为新中国舍生忘死的八千渤海子弟血洒金门战场，痛心疾首，肝肠寸断，仰天长叹。一块靠天吃饭的盐碱地，一方英雄辈出的热土，一个魂牵梦绕的故乡。

一九七九年春节刚过，南疆燃起了硝烟。作为兵圣的后世子孙，自然是当仁不让，热情激荡。高尚的说法是惩治外敌，私下起初的贪图只是为了吃饱肚子、有口好饭。十天十夜的火车闷罐，外加卡车轮船，似乎没能抵挡住对大米白饭诱惑的奢望，闷罐车厢板和轮船五等舱底，残留

下的牛羊粪便和着火车的疾风、轮船摇晃,成就了今生今世挥之不去的梦魇。之后5个月的边境轮战,切身感受到了炮火硝烟、血肉横飞。生死只是一瞬,阴阳转眼之间。后来军校毕业再到中越边界实习,尽管有了之前的生死考验,但地雷压爆瞬间的血肉模糊,仍然会心惊胆战。身处和平环境的人们,请口下留情,不要讥笑我曾经对死的恐惧和对生的留恋。这只是一个韶华青年面对死亡时心理的真实表现。

之后的多年军旅生涯就是日复一日的喊喊杀杀,似乎成了茶余饭后的消食。单就军人职责而言,没有经受炮火硝烟,不能不说是种遗憾。至于和平时期的生死观念,似乎成了表达高尚、责任和很有文化的消遣,甚至是展示自己很是热血的一帧"标签"。可巧的是冥冥之中的安排,自己一直没有断开与生死的情缘。读的书、上的学、干的事,自始至终都黏在生死的边缘。十几年造枪造炮,将近十年是治病救人,且还是急危重症。作为一个综合性大医院的管理者,每天面对的无不是生死纠缠,且还是死多生少。故而,每日里晃动在眼前的不是病人,就是看病人的人,更多的是可以"享受特权"看到的死人,看到更多的死人。开膛破腹、颅脑大开、截肢断臂、鲜血淋淋,每日的司空见惯,以致对于普通人的呼天喊地、捶胸顿足,竟是那么的麻木不仁、熟视无睹。

只是到了夜深人静、酒足饭饱之时,面对苍茫宇宙,眯眼观望,忽然间天空中划过的不知去向何方的一闪,心

序 言

灵不由得激起一阵抖颤，天地瞬间呈现出五彩斑斓，活灵活现。一个原本不知世界是世界的普通人，也不得不驻足观望，似乎有很多的发现，甚至是表现出为人的深沉和关于生死的考验。

爷爷奶奶、姥姥姥爷四人中，只有奶奶是我有幸见到的人，她是在九十一岁时去世的。除了因骨折卧床的一年，奶奶一米七的个子一直是腰板挺直。印象中的奶奶似乎从来就是一头白发，纹丝不乱，左手后搭，小脚向前，举手投足里带着一股坚强。很难想象，就是我这出身大户人家、一身傲骨的奶奶，竟为了挽救爷爷的生命，在寒冬的腊月，匍匐冰面，手脚并用，求人讨钱。爷爷和姥爷都是五十岁左右走的，娘告诉我尽管姥姥晚走几年。奶奶算有福气，娘说是把其他三位老人的寿都享了。奶奶特别重男轻女，众多孙辈里，我享受了她自始至终最高的溺爱。已昏迷了半个月的奶奶，去世前嘴里喊的竟是让所有人吃惊的我的乳名"……福山……福山……"，而手里紧攥着的是已经皱褶的我新兵时着军装的一寸照片……这是我第一次直接感受到亲人去世的痛心和震撼，而最悲的竟然是因"任务繁忙"，没能赶回见上老人家最后一面。数年之后父母的相继离世，自然是哭了个撕心裂肺、天昏地暗，以致有点身份的同学和发小，怀疑我这么多年部队的历练，特别是还"自诩"经过战场的生死考验。一句"天地之大，俺再也没有爷娘"，成了一个少小离家、漂泊异乡的游子呼天喊地的悲绝"大唱"……

  我是下决心要再去一趟"远在天边"、位于西藏日喀则尼色日山下的扎什伦布寺的。一个永远也不会忘记的日子——二○一○年七月十六日的中午。当觐拜了寺中供奉的释迦牟尼佛等诸位大师的立像，特别是"释颂南捷"第十世班禅额尔德尼确吉坚赞大师的灵塔祀殿，准备登车离开时不经意地回头一瞥，被看到的景象彻底"震傻"：我那日思夜想已经去世了十年的父亲，竟然身穿袈裟，站在远处向我微笑。我疾步飞奔，咫尺相对，他合掌低颂，神态安详。当我呼唤并掏尽全身所有呈上时，他笑而不答，欣然接纳，投来的眼神完全是父爱的慈祥，四目相视，早已是热泪盈眶……一句话也没说，一个字都没留，只有无言的微笑与和蔼的眼神……随车远去时，他就如一尊耸立的雕像，渐行渐远，模糊了眼眶，瞬间是泪流满面……多么像我当年参军离家时，他追着车跑时的模样……时至今日，如同梦幻。愿天堂的父母永远安详……扎西德勒！

  一个普通得再也不能普通的平常人，神经质地非要触及这样一个人见人躲、是人都"烦"的命题，自然也就让人起疑，甚至讨厌，且表达的方式是海阔天空、信马由缰。倒是作者自己，搜肠刮肚、冥思苦想，及至夜不能寐、通宵达旦，更甚是因一句"好话"、一段文字、一个所谓的"思想火花"而兴高采烈、手舞足蹈。当然，整个"遣词造句"的过程更是与"苦恼"相伴同行。当多彩的瑰丽之梦撞上调侃的嬉戏现实，特别是随着白发的增长、伴着岁月的沧桑，爬上额头的皱褶开始密集又疯狂，尤其是举望苍茫的宇宙天际，发出不知就里的嘶声呐喊，空旷的寂夜回应的却只是一个"癫子"的"疯狂"。

即使是午夜时分狂雨雷电，被人们视为生死之地的医院，依然是灯火一片。近十年的管理者身份，赢得了无数的头衔，甚至是金光闪闪的桂冠。光鲜亮丽的风景，是人们对生的祈愿、对死的哀叹、对生命的留恋和不知就里的生死感叹。也许是见得太多，而更多的是血腥、挣扎、绝喊，以及那犹如造枪制炮的车钳电焊刨。锋利的刀刃划过的瞬间，鲜血喷出的是一闪殷红的弧线，宛若游丝的特殊钢线，探到的是起伏不定的心寰，无影灯下的不知不觉，也许恍然间就完成了生命的判断。救死扶伤的人无一不是祈愿有个好的结果，就如同病人和病人的亲人，当然也是自我价值、医术精湛的体现，"救人一命胜造七级浮屠"是一种夙愿。白天的鲜血淋漓一直蔓延到深夜的噩梦大汗，多么强大的心理防线，也在梦的无意识里，暴露得淋漓尽致、狼狈不堪。手术时的赤条条、光溜溜，麻醉前的"豪言壮语"，以及体现"曾经沧海难为水"的身份"脸谱"，都在"冷酷"的监视仪下暴露无遗。什么达官贵人、一切的荣华富贵，不再有那平日里的趾高气扬、威风八面，统统"归零"，生死的魔法显示的就是最为物理和本能的现实表现，没有那么多又臭又长的情绪感念和不着边际、东扯葫芦西扯瓢的灵光一现。有时候在生死的鬼神面前，真还就没有了英雄豪杰和乌龟王八蛋……

开始的八千字确实是一气呵成，且直到完稿也一字未

改,到两万字时,也是显得很轻松,并时时伴有一种全身释放的"痛快",还有了快马加鞭的企图。当某月某日的某一刻,突然的"思想变故",脑袋立然发懵。尼古丁的味道越来越浓,焦油含量不断攀升,大口灌咽的浓茶酽茗,即使是潮汕茶客的单枞,似乎也如同无味白开水,本是嗜好的咖啡猫屎味道,竟是那样的令人作呕、心烦意乱!至四五万字时,陷入了进退两难的泥潭,再至六七万字时,几乎到了精神和思想的"崩盘"。百年不遇的台风"山竹""不要脸"地撒泼,加上伴奏着的电闪雷鸣,似乎要把羊城掀翻、珠江倒灌,聒噪的本就歇斯底里的心寰,立时掀起狂风巨澜,甚至有了攀到"小蛮腰"塔尖飞翔的欲念。开始怀疑这"该死"的话题,是不是"糟蹋"了我几十年自诩很是"哲学"的生死观念。特殊的特殊时期,几个极为特殊的特殊人,以特殊的方式包括特殊的歌、特殊的舞和特殊的语言,直截了当、"拐弯抹角",或是狂风暴雨、和风细雨,不遗余力地给予了精神、物质和灵魂上的"声援"……

　　暂时放下,成了那个阶段性的理所当然。"醉生梦死"的时日只是过了不到半年,"生死的幽灵"萦绕纠缠,甚至更是变本加厉、"丧心病狂"……独自江畔徘徊和酒后狂言,丝毫无法排泄心胸的"积怨"……午夜寂静中面对拼音双拼的九格键盘,不知就里地胡敲乱弹,突然间却又有了周身的舒坦。心又激动起来,腰又挺直起来,指又开始触键,脸又开始冒汗。到八万字时,已是从开始动笔之后

序 言

的第三年。凌晨拂晓时的一壶"猫屎",激起了浑身上下通透的大汗。之后数十页的"胡说八道",不是字数的"堆积",更不是页码的拼凑,而是成了各方关于"生死"话题大咖们智慧的提供,以及"心血"补给的力量输送。初稿形成,更是感到了"生死"命题的沉重,尤为早先触摸生死"先行者"们的胆魄和智慧赞颂。当感叹生死无常、世事难料、不由自主,甚至是诡异多变时,似乎为自己表达形式的无序、"杂乱",找到了聊以自慰的托词!

生命故事,天地人寰;江河奔腾,生息繁衍。

……

雨停了,天晴了,天际处挂起了罕见的两道彩虹。一个幸运的六月,小外孙女提前降临,不知是端午龙舟竞赛的高亢呐喊,还是那粽叶糯米无处不在的飘香,但娘胎之外世界的缤纷五彩,确实唤起了她表达幸福的笑靥。这娇嫩可心的幼小生命,不只是人类生息繁衍的传承,更是在满足外公及所有亲人的期盼!努力地控制着喜悦和欢乐,从她那俊俏的小大人般的模样里,读到了不单是其对父母大爱的尊重,对全新世界的好奇,更多的可能是对幸福美好的期冀!

……

愿上苍福佑她及所有的人们幸福安康!如意吉祥!

黄艳㵸
2019 年 12 月

目 录

一、生命原说 …………………………………… 1
二、物理发言 …………………………………… 7
三、历史符号 …………………………………… 12
四、仓央嘉措的秃鹫 …………………………… 15
五、文明文化 …………………………………… 20
六、你说我是谁？ ……………………………… 22
七、自然法则 …………………………………… 26
八、故事调侃 …………………………………… 30
九、大地无言 …………………………………… 35
十、哭墙诉说 …………………………………… 39
十一、战争獠牙 ………………………………… 45
十二、3·14 的巧合 …………………………… 52
十三、"圆"与"零"说 ………………………… 55
十四、精神之光 ………………………………… 62
十五、哲学游荡 ………………………………… 66
十六、ICU 纪相 ………………………………… 69
十七、死亡惆怅 ………………………………… 74
十八、生命期望 ………………………………… 79
十九、是否？知之？ …………………………… 85

二十、娱乐文化	88
二十一、有形故意	91
二十二、刺激感官	96
二十三、"露露""娜娜"	100
二十四、先贤至尚	106
二十五、天命君子	110
二十六、$e^{\pi i}+1=0$	117
二十七、唯物唯心	121
二十八、孤独旅行	126
二十九、命运八卦	128
三十、向死而生	133
三十一、"断舍离"极简	139
三十二、东坡"快活"	145
三十三、关门开窗	149
三十四、"完人"王阳明	153
三十五、"想死"的人	157
三十六、好死赖活	164
三十七、天堂地狱	172
三十八、"死亡"料理	178
三十九、素白"三丈六尺布"	183
四十、十字交叉	186
四十一、佛陀法轮	190
四十二、哲学家园	195
四十三、欢乐骷髅	198

四十四、落雨清明 ·················· 201
四十五、红楼遗梦 ·················· 206
四十六、谁的三国？················· 209
四十七、来……回…… ················ 212
四十八、人神探戈 ·················· 216

生命原说

当精子的星，撞上卵的球，宇宙炸了。

尘埃飘落孕育出万千的生命。雄的狮、威的虎，爬行的蜥蜴、游走的泥鳅，流动的水、静卧的山……并着黄的、白的、黑的和棕色的人……世界万千，林林总总……

凫鸡一直盯着圆滚滚的蛋。蛋闪亮着，乖巧地依偎在雍容的黄毛鸡下。公鸡打鸣，母鸡下蛋。高傲的雄鸡，抖擞着紫红又肥硕的鸡冠，晃眼间却分不清那亮灿灿的，是谁的卵、谁的蛋。最朴素寻常的鸡和蛋的争吵，给自以为聪明的人出了一道无解难题，一辈一辈，一代一代，人人都在说着不同的答案，演绎着无穷无尽的方程算式。

达尔文说：猴子变成了人，人便急匆匆借坡下驴，承认了这了不起的神说。进化论的鸡与蛋的推辞，着实让人长长喘了口粗气！

尽管猴子的模样精灵活泼，人有时却不甘愿有这样的祖先，但转眼循瞟，却又找不到更好的代言，总比猪、狗、狼、羊讨巧了些。人问："猪将会变成什么？熊呢？猫呢？还有鸭和鹅呢？"人说："都没有机会了！盘中餐是也！"

达尔文正襟危坐在大西洋狂澜的浪尖上：物竞大择，适者生存。猪为人奉上五花的肉、成排的骨、斑斓的下水，还有制作坤包的嫩皮，而欢欣鼓舞地活着，并永远地活着。猪是没有怨言的，要说大嘴也没那个功能，最多哼哼几声！

1

并仍将会哼着小调一路小跑，迈着凌乱无序的蹄步勇往直前地活着。

被鲁迅斥咒为"丧家的资本家的乏走狗"们，以自己的品相多样，努力地迎合着人的需要，满足着人的喜好。智商掺和着情商超出了人的想象。有些人有些时候惊曰：人还不如狗！更有人直接就说：人比不上狗。或说狗比人好。

贵妇靓女，人的同类，垂涎欲滴，千金难求，不得一抱，而狗却尽情地亲近香脂玉肪，更有甚者亲吻起朱唇。绫罗绸缎的安乐窝，飘着钢琴曲《丝雨》，弥漫着花露芳香。狗食比人的营养考究，烈日下淌汗的农工，只想扔去没荤的饭盆，狠吃上几口青花瓷砵中的狗粮。

君子兰妩媚到一叶几万。爆炒的藏獒，骤然间狂吠着从琼宫中被撵进了野猪的林。曾经的千万、百万、数十万，踉踉跄跄，硬生生摔跌到了白送也无人问津的地步。吃得太多，人便生厌，同为动物的人，要的是千倍的回报。于是便有了獒的流浪。

尽管獒犬之别在于一獒胜十犬，但不被人炒的藏獒不如犬。有时候犬命就是比獒命好。

肌腱揉裹着的激情挣脱筋骨的羁绊，狂放的荷尔蒙进出了核的裂变，血肉之躯绷成钢铁盾钻，蓄久的心火秒间喷射出炙热烈焰。充溢饱蘸母性营养的生命隧道，海葵般激荡爱的吸盘，拥抱数以亿计的精子之恋。极尽所能地摆动显微镜下的长尾，疲倦地到达卵的彼岸，只一二三或奇迹的四五六，余者不得再现。大江东去，淘尽千古万代风流，又有多少豪杰？未成生命死却至。生为死活，死为生亡。天地交合过，阴阳两相错。

藏獒的日子如过山车，忽从浪的尖跌进了渊的底。狗依旧悠然懒散地躺卧在香的怀里，睡着、嚼着、吠着，甚或淌着舌涎……况且人是喜欢被仰视的，狗本能并自然地用其一生仰视着人们，并察言观色、投其所好、极尽所能。不论是公狗还是母狗，都敬佩地仰望着人的男男女女，满足了虚荣和存在感的人们应是幸福和快乐的。也就活得有滋有味，即使是无家可归的流浪汉和乞丐，也有狗狗相伴。

能看到动物间性的表现最频繁、最光鲜、最欢畅许是狗的交配了。人们各怀心态地围观着，当然极少有女人来捧场。"君子"们会骂上几句，更有"大人"责备狗的主人，但更多的是捡起路边的石头，或是砖块，或是树枝木棒，驱逐并表明清高地骂上一句："不害臊的畜牲！"

狗是不要脸的，因为它是畜牲。它可以毫无顾忌地在大庭广众之下、在朗朗乾坤之下、在人们的嬉笑怒骂之下，肆意地尽情交配。而人是绝不可能的：高级动物嘛！有思想、有层次还高尚。故把性事粉饰了诸多文明的溢辞：做爱、爱爱、房事，古人更含蓄谓曰：云雨、周公之礼，更有儒家敦伦的风雅。中性的统称性交。但有别于畜牲的是，绝不可叫交配。

都在努力地高雅着，为的是不当畜牲。即使做畜牲，也要当能给人们带来实惠的捷克狼、萨摩耶、罗威纳、法老王、秋田和萨路基犬，或是能时而萌萌哒、时而调皮捣蛋并和着以多情的眼神扮无辜、装同情，逗得主人开心、博得主子欢心的泰迪、巴哥、博美、金毛和拉布拉多宠物狗。

谁都不承认这是精子与卵子的相撞,但宇宙真的炸了!

但精子还是不解风情地和卵拥在了一起。这便没了高低贵贱、高尚低俗、文明野蛮。

猪狗驴马的故事千秋万代，但没有更多的英雄列传。有的是品种的改良、饲养的诀窍、屠宰的手段、烹饪的技巧和品尝的味道。即使在生物链的末位，砗磲的深海微细浮游仍会坚硬成方丈的项上念珠。并开了光，颂了经，附了魂，相伴永远，互为依靠。犹如江河湖泊，崇山峻岭。

宇宙浩瀚无垠，穷尽不极，并任由思想者随思感念。狂躁的地球人似乎有了无畏的力量。日耳曼族人想借力喜马拉雅神圣的光亮，岛国大和子民痴迷天皇的方向。在虚而有形、行方无道、道行皆忘的无知世界里，以及随来又去的时空中，难寻狗的一毛，未听狮的吼叫，也未闻黄鼠狼的闷骚。

一切的有无，皆因感知的味道。存在的公熊，依偎着意识的猎豹。 和谐的短暂，偶尔在雪山融化的流溪，睡眠在枫叶飘零的林下。量子的心，天体的路，探索的钻头，狠劲下潜。农民的锄头希冀着丰收的娘亲儿笑，而洛阳铲下的急盼是射出幽色蓝光的殷商青铜。并不在物件的分量，而是利益的分量。故再瘠的土也要翻，再深的洞也要钻。为利敢拼，收益而亡。

后人乐道哥伦布的海漂，并弹唱着张骞的西域出使。沙皇的铁蹄浩荡无忌地驰骋在隆冬西伯利亚最为原始的森林，贝加尔湖愣没斗出诗仙李白的酒量，成吉思汗策马扬鞭，狂飙骏骑，横扫欧亚，所向披靡，但凡抵抗，便屠了个净。西域的粗糙难敌呼伦贝尔的奶酪，马头琴的悠长，紧勒着征战者无尽的乡愁。胜利的狂欢，美酒佳人，死命

换的珠宝金银,压塌驼背马腰。**漫卷黄沙,黑风呼叫,转瞬归于寂静,湮没了沙尘征道。秋水望穿,枯草又绿,沙丘之下,灵魂幽怨。人财两空,是为草原可汗。**一代天骄,马蹄驰疾,弯弓鸣镝,横扫千军如卷席;荒冢一坯,白骨阴森,英雄何处?**葫芦羌笛伴奏呼麦合唱!**

沙皇可不是傻子。**深耕肥沃的夷土,尽播人的种子。**东正教的书卷透着油墨的清香,并常年在明晃晃的塔尖颂唱。海参崴的洗礼让人顿感浑身发烫。**文化的强盗拼命做着爱文化的模样**。体魄健硕的可汗子孙仍在用牛羊的热血补充着挥鞭放牧所需的力量。战斗民族却有了别的模样。

物理发言

　　一个荡着水花、披着光亮的星球上,不耐寂静的生命,欢腾并躁动了起来。刀枪棍棒,乒乒乓乓。发射药在变,TNT高能炸药,冒烟的炮管红了仍嫌太慢,要杀、想杀和准备杀的太多。物理大师便捣鼓出了核的裂变。1945年日本的北国之春比往年走得早了些,本是簇茂的樱花愣是被富士山的燥风蹂躏成了泥沼。8月6日和9日的天出奇的蓝,在万米的高空,美利坚爷们叼着雪茄手指一按,送给了霸蛮的"大日本帝国""小男孩""胖子"两个卤蛋。当原子弹爆炸时,《福者之歌》唱道:"漫天奇光异彩,犹如圣灵逞威,只有千只太阳,始能与它争辉。"眨眼的瞬间,三十万天皇子民烟消云散。

　　秩序有些乱,场面很残酷,仅存的水泥钢筋柱子上,粘连着本田娘的和服或美智子发卡勾着的丝线。铀235或钚239裂变冒出的光辐射、冲击波,硬生生把整个美丽的广岛、长崎铲了个干干净净。尸影晃动,冤魂弥漫。**作孽者被孽,施暴者被暴**。颤抖的裕仁小胡子上凝固了冰凉的霜。硬挺着矮矮的小身板,鼓噪着蠕动着的喉结,哭爹般地昭告天下:日本完蛋。幸运的是东京的臣民,因美国不想炸死这其貌不扬的精神领袖,而免受轰炸。

　　坐轮椅的罗斯福跑了,奥本海默再也不能对着曼哈顿大笑。爱因斯坦走了,$E=mc^2$却还在。质子中子来了,生

死故事继续。

在生的海、命的洋里，翻卷着无数无字的宗卷。眼不能及、目不可见。黑的物，暗的流，都是命的宿和生的愿，因感知、无知和先知而不停地翻腾着。**无法则无天，地厚应皇天。大至天体，小到人体，宇宙无限，认知有限。**线的切割，如同闪电。本就肉眼凡胎的人成了主宰万物世界的爷。恐龙没了，鱼虾还在。天崩地裂后，猴子成了齐天的大圣。吴承恩唱起了孙猴子的赞歌。

脊梁立起来不易，达尔文学说经历了数万或数亿年。

年便有了丰富的内涵。中国人极其看重过年。贫苦人家的孩子，可借以解馋，吃顿饺子穿新袄。但又说年是个魔。北方的饺子和屈原的粽，筐一样地装进了无数的愿。屈原没吃上，却裹进了鱼的腹。

蚊子、蚂蚁和老鼠……以快速的繁殖，凭数量的云团与人类的喷雾式灭杀拼争着，且愈战愈勇，改良后抗药性更强，成就了繁荣昌盛的势。精子其实也完全一样。**但人聪明得多！**即使是老弱病残也可借助外部的力量，在几千万倍的显微镜下，慎选出优秀的种子，并果断地一枪射入卵的胸膛，孕育出自己想要的儿郎。地球装满了人，袁隆平得了奖——关于杂交水稻能让更多人吃饱肚子的大奖。

被喻为人类史上最伟大的物理学家、天文学家、数学家和经典力学体系的奠基人的天才牛顿成就了得：牛顿由于发现了万有引力定律而创立了科学的天文学，由于进行了光的分离而创立了科学的光学，由于提出了二项式定理和无限理论而创立了科学的数学，由于认识了力的本性而创立了科学的力学。这样的桂冠却没能让他吃到砸在头上的苹果，**据说是因为熟透了、烂了，只有苹果的味，而无苹果的形，还散发着一股霉了的臭**。被尊为科学神圣的牛顿先生，不幸被人发现了背后的隐私：迷恋金丹，祈愿长生；推崇宗教，痴而忘我。怀里揣着三个定律，心却珍藏耶稣戒律。探索科学的自然骄子沐浴在神的耶和华怀抱。**尽管没有了人证，但权威那么说了，平常的人不信又能怎样**？

生的愿掰开了活的法。爱因斯坦是牛顿的铁杆粉丝，自谦只是修正了牛顿算式微小的错误。特别是牛顿的晚年不再研究什么万有引力，而是专心琢磨天堂里的玫瑰尖上可以站下几个美丽的天使。据说爱因斯坦也因试图用上帝的力量，来解释自然科学无法认知的科学自然，出现了迷幻的精神臆想。并优雅从容地将自己千辛万苦，或许就是量子力学之二的论稿，付之一炬，只是在临终之时，留下了一段谁也无法听懂的德文。或许人们只能从其《信仰自由》中感受到一个在生活中独来独往者的思想坚持和精神独立，并因人们对其心灵深处痛彻感受的不解，而顽皮地吹胡子瞪眼道："即使不像一个死人，那也像一个盲人。"当然爱氏此话绝不是对先贤庄子之"哀莫大于心死，而人死亦次之"的千年呼应。**探寻物理的科学就着数学的先验表达着实验的答案，数码的无尽数式推算梳下的是哲学的一根毫毛，把舵方舟的哲人却早已悠然地荡漾在波光粼粼的神的湖面。科学的巨匠痛并快活地套上了神的光环**。

达·芬奇精心描绘了蒙娜丽莎的肖像，几世几代的人都在津津乐道。犹以那传神的微笑，是人就感到实在微妙。眯眯笑、天真的笑、从心里淌出的笑，温暖的笑、仁慈的

天使的舞蹈？旋转的芭蕾？

笑、软柔的笑，忽又觉得皮笑肉不笑、冷笑、懊恼的讥笑，更有人说是阴笑、奸笑、淫笑和不怀好意的耻笑。**感觉怎样的笑，全凭个人的喜好。**

诡异而神秘的笑声电闪雷鸣般窜上云霄，薄若蝉翼的五彩面纱朦胧了深不可测的奥妙。在微笑背后流淌着血的河旁，飘起了外星人的影子，在轻盈舞蹈。绝不是亚马逊森林部落装神的鬼。

玛雅的火在烧，周口洞人在跳。诺贝尔奖的文人便有了鸿篇巨制：意大利的先人有外星人的基因，血统高贵的达·芬奇的娘是来自外星球的怀抱。用左手从右向左写，并反方向画，时人没看懂，今人也搞不明。宇宙人都知道，地球人确不能。第一架直升飞机、第一台密码保险锁、第一的第一的第一……绝非素描鸡蛋的轻佻。单为蒙娜丽莎那滋润的嘴唇就用了足足三十多种自制的颜料，花费了整整十二年的时间。低等动物靠本能繁殖而延续基因的生命，而达·芬奇之类则煞费苦心地把命的眼睛揉进作品变成发了酵的面团。

在自然法则的动物的世界里，人和人真的有了区别。达尔文很生气，达·芬奇藏起了人来又去的密码。而《最后的晚餐》《岩间圣母》等巨作，又惹恼了同时代的米开朗其罗和亲爱的拉斐尔·桑西。**莎士比亚并携着但丁酸不溜秋，嬉笑打闹，装作毫不在意地拽拽走了。**

爱因斯坦大发感慨，若达·芬奇的科研成果当年能发表，人类文明可提前五十年，半个世纪呐！人的达·芬奇已去，画中的犹大却依然健在，诡异的邪恶被人憎恶。

 历史符号

有的人死了，却还活着；有的人活着，却已死了。当时间的磨盘再辗转万年，宇宙人或许都在颂读《毛泽东选集》，并可在潇洒飘逸、狂傲不羁的毛氏书法和自由散漫又直冲霄汉的诗词大唱中，欣赏艰苦卓绝、纵横捭阖、跌宕起伏、上天入地、挥洒万年的史诗经典。一脉相承的马克思、恩格斯和弗拉基米尔·伊里奇·乌里扬诺夫，一路欢歌，放声大笑。

不屑谈自诩影响千秋、传世万代的当下"大家"，自己都觉得好笑。黄氏的荷，范某的猴，郭家的诗，炒到了一平尺十万、几十万甚至上百万、几百万元，除换个满屋子钞票，肯定难以入流。鲁迅的阿Q，倒或许会在乌篷船晃过的泥泞道上瘸下一行歪七扭八的痕。**因硬刺的胡子，刀削的脸庞，挺着钢铁的脊梁，擎起了一个族群的模样。**

活着的活着，死了的死了；死了的却还活着，活着的却真死了。

陈寅恪学贯中西，精通古今，并与唐筼结下了四等的婚姻，立下了君不离不弃、我生死相依的誓愿。老子天下第一的傅斯年赞叹：近三百年来仅此一人。然而他却壮年目盲，暮年不良于行。虽然此人此事成过往云烟，但印迹累累，镌刻在岭南中大校园的碑铭。故寄铭王国维之"独立之精神，自由之思想"，实抒秉性己情。**汨罗江起风，屈**

三 历史符号

原笑盈盈；谁说我无后，寅恪来逞能。物质不灭，能量守恒。生死阴阳，天地互融。

皆因意识的存在和精神的物质，并任其自由泛滥，仰望苍穹的人们，不时惦记着秦王嬴政陵墓下的动静，并捣鼓得祖先连睡个觉都不得消停。骊山之麓，阳玉阴金，始皇帝甚是高兴，七十万劳役齐努力。为的是吾皇长生，万寿无疆。整齐的方阵，英武的雄姿，一日开光，豪气冲天。

公元1974年3月的发现，使西杨村生产队小组长杨全义一夜成名，几乎能与嬴政齐名。始皇帝九泉有知会作何感念？或许是对万千殉葬者后人的补偿，靠"世界第八大奇迹"的黄土高坡子民便有了幸福的辣子泼着臊子面，并情不自禁地扯着嗓子吼起了撕心裂肺的秦腔《三娘教子》《三滴血》。

秦王的大墓早晚是要动的。但现在却不能，据说是因为"阴气"太重。倘若如此，胡亥二世混账不争气，辜负了嬴政祈愿的千秋，但地下王的世界却巩固了神灵万代，以致今人也望而生畏，不敢近前。秦王的兵俑，忠心耿耿，黄土坚实，蛰伏了两千两百七十四年，却不经意栽在一农民老汉的铁锹之下。

热热闹闹，熙熙攘攘，大呼小叫，胡说八道，军帐之内镁光闪烁，将帅怒愤，照旧胡闹，居然让外番异邦的头目，就如闹了点绯闻的克林顿一家和法兰西共和国总统马克龙带着娇妻，直接冲进了人秦军阵。秦始皇很生气，但又很无奈，如能穿越，必斩无疑，格杀勿论。但秦的大军，精锐之师，依旧潜伏在寂静厚实的地下，坚守着谜一样的地宫，护卫着皇上的青铜宝盖座驾。大秦君主，吾皇万岁。

山呼海啸,地动山摇,依旧是威风八面。万里长城今犹在,孟姜痴女仍憎怨。

一代天后武则天是华夏历史的奇迹。十四岁入宫,用十八年的时间做了皇后,又用三十八载当了皇上,在死后又用了一千二百年的光阴表达着自己威严的神圣不可侵犯。撼山易,撼女帝的墓难。武媚娘生前君临天下,死后继续左右历史。一块涂抹风霜冰凉沧桑巨石的无字碑,让日后的子孙们猜了个天昏地暗、头脑发昏。冷兵器的刀剑劈过,随后的炸药大炮轰过,但无论何人动墓必死。**汉武帝的茂陵被掏空,唐太宗的昭陵遭扫荡,康熙大帝连骨头都七零八落,凑不齐整,但就是媚娘的坟头没人敢碰,乾陵无人敢动。**专家用了精密制导探测仪器,拽拽地向世人发布:在墓穴前后通道两侧的统共四间石洞里,整齐地堆满了大唐盛世最好的宝贝。**地球人展开了无穷无尽的想象。**

男女皇上,生前功过自有评说,死后至今却把人折腾得不轻。褒贬功罪,评判得失,但最终也是折腾得自己死后不得安生。晚唐杜牧之《阿房宫赋》:"六王毕,四海一,蜀山兀,阿房出。覆压三百余里,隔离天日……嗟乎!一人之心,千万人之心也。……灭六国者六国也,非秦也;族秦者秦也,非天下也。……秦人不暇自哀,而后人哀之;后人哀之而不鉴之,亦使后人而复哀后人也。"**正直文人忧国忧民,匡世济俗的情怀,又怎敌统治者企图的万世江山。**

矛盾的世界,世界的矛盾。以子之矛攻子之盾,把叫卖的铁匠弄了个懵懵懂懂。在旁看热闹起哄的市井诸人,其实也把矛盾挂满了前后胸膛。**人人矛盾,矛盾人人。人生矛盾,矛盾人生。鸡和蛋仍在吵闹,而猴子一直在嬉笑。**

四　仓央嘉措的秃鹫

生的道理都懂，但不怕死的胆子更大。雪的白纯洁了巍峨的喜马拉雅，圣母之峰成就了珠穆朗玛。屹立在地球，傲视着苍穹。制服了五头毒龙的仙女转瞬变成了五座高峰，并筑起装满芸芸众生的世界脊梁。白鹅大鸹鸹、兀鹫斑头雁、蓑羽鹤，特别是被动物界喻为战斗机的棕头雁，随气流翩跹，顺峰脊舞动。**为了生的命，不畏死的险**。但凡越过那道连天的刀线，就会生机盎然风光无限。但珠峰脚下那堆堆的白骨和冰山深处累累的化石，是牦牛、天鹅、臭雕，还是五头毒龙暴虐之前大海中的座头鲸、海豹、美人鱼……或尼罗河鳄鱼，也许还有一万五千三百零四种海洋动物中的奇虾、械齿鲸……**地球照转，生死无常**。高低上下、左右冷热、阴阳明暗、古今中外。活的死了，死的活了；有的没了，没的有了。**沧海桑田，万事都变。生死之间，唯斯一变。天变地变，世道在变**。

珠峰之侧转世的灵童六世达赖喇嘛仓央嘉措，浑身上下透亮着情的佛光，即使是皑皑白雪，猎猎旗幡，金殿香雾，经筒旋转，也难阻其涌出胸膛，百花绽放，自由烂漫。便有了"世间事，除了生死，哪一件不是闲事"的感念惆怅。这身世迷离、凡情未了、才华横溢、饱受争议的英俊活佛，更一连串地迸出情的伤感："住进布达拉宫，我是雪域最大的王。流浪在拉萨街头，我是世间最美的情郎。"

"放下过天地,却从未放下过你。""一场大雪便封住了世间万物。""执子之手,陪你痴狂千生。深吻子眸,伴你万世轮回。""安得与君相决绝,免教生死作相思。""一花一世界,一叶一如来,春来花自青,秋至叶飘零。""缘起即灭,缘生一空。""曾虑多情损梵行,入山又恐别倾城。世间安得双全法,不负如来不负卿。"……

  海的峡谷耸成了天的脊梁,在时的隧道、空的飘渺间,只是弹指一挥或许只是转念的一瞬。而这光的一闪:高的低了,矮的高了;黑的白了,白的黑了;冷的热了,热的冷了;粗的细了,细的粗了;软的硬了,硬的软了。或在这亮的一晃:冰山之巅盛开雪莲,苍茫荒原奔跑牛羊,康巴汉子锅庄,青稞奶茶哈达飘香。又或那湍流奔腾的雅鲁藏布,飘舞起五彩缤纷的幡帐,藏红花唐卡绿松石麝香,并和着撕心裂肺的天籁之声荡气回肠。

  牦牛泛舟在牧民的世界,秃鹫盘旋窥视苍穹灵牲,驮着来生的轮回,叼啄今生的存在。宁玛萨迦噶举格鲁噶当并存,沸腾热闹着雪域高原无垠的天脉。拉萨玛布日山筑起了布达拉,松赞干布扶牵尺尊和文成公主,庄重威严肃穆天下。五体投地的信徒,用举家毕生的辛酸,千里迢迢虔诚地供上儿的骨、女的皮,以及白银、黄金、彩绸、柔缎。宗神命定的苦难是为来世的甘甜,故无悔无怨,心甘情愿。天神注定,终身奉献;如若不愿,必遭大难。满天飞雪凛冽寒风中磕尽长头,昏天黑地星月朦胧里摇晕法轮,便成了天经地义,理所当然。生着苦难,死得坦然。神们擘画的飘渺未知的空灵世界,激荡燃烧着肉胎凡身的热血澎湃。苦难并祷告着;挣扎并颂吟着。生死何事?死生

四　仓央嘉措的秃鹫

旗幡的昭示，正在呼唤夕阳涂金的翅膀

自然!

仓央嘉措之世间事除生死别无闲事的惆怅,的确难登红黄喇嘛的经法大堂。当《那一天》《佛说》《相见》《泊岸》……藏家女子降央卓玛纯情演绎,愣是把纷繁世界挤压的情感搅了个翻腾跳跃。念经诵经辩经,爱情亲情友情。**神的经道在天界,人的情歌在地上。喇嘛的仓央已去,情圣的嘉措还在。**

背负使命的秃鹫一直在忙碌着,天葬的仪式等候它来圆场。无论刮风下雨、艳阳高照,或电闪雷鸣、和风拂面,尤其是那夕阳西下,都会如箭一般毫不犹豫地射向地面,勇敢勤劳地叼起拌搅了人的五脏六腑和颅骨脚趾,并撒上了三荤三素的一团团糌粑。**弹起并展开蔽日的翅膀,晚霞中闪电般翱翔向炫耀的太阳。**鹫们如精灵般穿梭在天地人间,**不是为填饱饥肠辘辘的肚子,而是为实现人肉胎转世的灵魂祈愿。**泛臭的五脏,梗喉的肋骨,扯连的筋脉,毛发的皮囊,都要带去向往的天堂,这就是豺狼虎豹都嫌弃的脏活累活,便托付给模样凶煞的鹫。鹫就高尚并伟大了起来。鹫是神,不可犯;如扰之,遭天谴。祖祖辈辈的雪域子民敬奉尊佛,跪拜秃鹫。**生的求,死的愿,都在无边无际的天地人寰、浩瀚无垠的精神宇宙。死的超脱因秃鹫的翱翔成就了人皆可去的天堂,反倒是阳光普照的现实人生,却被衬托成魑魅魍魉的魔鬼地狱。**

活我和死我在调侃,死他和活他在把盏;活他和死我在纠缠,死他和活我在缠绵。生为死生,死为生死。且把今生轮前世的回,又为当日情来世的缘。

FAST骄傲地说可欣赏137亿光年以外几近宇宙边缘的

四　仓央嘉措的秃鹫

天籁交响，但当哲学的钥匙打开天庭之门，在先哲眼中这实在算不了什么。哲人思想世界的苍穹里，挂满了琳琅满目、钉了十字架的耶稣，并就着尸骨雕筑的喜马拉雅累积起跳跃鲜活生命的珠穆朗玛。白骨如山不知何仙，无非公熊或是母狼。仓央嘉措的人生感慨和儿女情长在老子、孔子、庄子和泰勒斯、苏格拉底、柏拉图、亚里士多德、康德、叔本华面前显得那么的孩子气、学生腔并带着稚气和青涩。尽管大胡子的马克思、恩格斯和没胡子的毛泽东革命的哲学思想或许不为诸人点头，但又不得不承认其活得长久，生得永恒，并扭动着地球快速地旋转。

五 文明文化

古希腊阿基米德说,只要在宇宙中给他一个支点,他就能把地球撬起来,人们便乐道了两千八百多年,并还要不断地咀嚼和反刍下去,崇拜敬爱他的伟大。但不论是飘在天上的还是蛰在地里的哲学大师们,或捋着胡须、或叼着烟斗、或擦着眼镜、或喝着咖啡,听着人们的喊叫,不屑地努嘴一笑。

"爱"是爹,"智慧"是娘,毕达哥拉斯是"哲学"的爷。"形而上"的思辨在天地阴阳、太极八卦、天人合一的律动中是如此的局促不安和琢磨不透。**一部分人在绞尽脑汁地逻辑演绎着,而另一部分人却手托罗盘,掐指冥算,任直觉把握着生死天象**。再有西学的微言大义、逻辑的极致就进入了上帝的圈套,并奉为无所不能的神。而伏羲、神农、老庄则全力在"道"上做文章,也就有了人法地、地法天、天法道、道法自然的天人合一。而先生后名的"春秋百家争鸣""汉唐儒道三玄""近代中西融合"使中式哲学更加百花齐放。且明朝王阳明的致良知之"阳明学",开明天地,鲜活一方。**马克思哲学则扫荡固顽,开辟了红彤彤的一片天。决定生的绫罗绸缎和判决死的刀枪棍棒其实只是一种理念。耶稣托生,如来寄活;许或阿门,嘴念陀佛。**

《论语·先进》载:季路问事鬼神,子曰:"未能事人,焉能事鬼?"曰："敢问死?"曰："未知生,焉知死?"被尊为儒教始祖、万世师表、天纵之圣、"世界十大文化名人"之首的孔圣人,就是不回答徒儿的生死之问,也就留下了一个让历史学家们吃饭的悬念。直惹得延续至今的大家学者们开始了旷日持久"关于孔夫子为什么不回答生死"的争辩大战。公的理,婆的道;热的炒,冷的捣。嬴政爷则不管那一套,不仅"书同文,车同轨",大凡不如朕意、悖与寡心者,一扫而光,彻底来了个焚书坑儒。**挖坑的埋土,点火的加柴。**

　　文明的核心在文化。创造了历史的英雄们无不是在打下了一个新天下的同时,费劲地改造一个旧世界。而核心都是对文化的重塑和再造。成吉思汗不行,彼得大帝尚可,马克思的主义在欧洲是个学派,但在中国却是红旗招展,成了信仰并指引着数十亿人走路的方向。因为中国出了个了不起的毛泽东。当然邓小平也很了不得。

　　即便是以人文主义精神为旗帜的、发生在十四世纪中叶到十六世纪的欧洲文艺复兴,也是在但丁弹奏的《神曲》、达·芬奇描绘的《最后的晚餐》和莎士比亚著作的《哈姆雷特》里,游荡着黑死病的幽灵、十字军的东征,并和着"丝绸之路"上晃荡的驼铃声声。尽管从君士坦丁堡、小亚细亚,再翻越帕米尔高原,走过楼兰古城,一路白骨瘆瘆,但驼印之迹并未因风沙遁绝。漫天黄沙舞起的万丈丝绸,犹如绚丽彩虹,伸展向无边的天际,不管是丢勒的裸体《亚当与夏娃》、乔尔乔内《沉睡的维纳斯》,还是包裹严实道貌岸然的朱元璋、大不列颠及北爱尔兰联合王国的"童真女王",都呼应着徐福东渡求生和唐僧西天取经,为求一个别样的生和死的命。

六 你说我是谁?

我是谁?我从哪里来?我要到哪里去? 三个不大不小的问号,就无法像陈景润 1966 年发表的关于哥德巴赫猜想的《表达偶数为一个素数及一个不超过两个素数的乘积之和》论文(被称为 1+2)那么简单。有时候大家们甚至是个别的哲人喜欢上了一个套路,当一个方程式无法求解并顺着自然的法则再难进入时,牛顿的做派就得到了发扬:**搞个玄学甚至是神学。**

简单的简单的简单的简单,成就了复杂的复杂的复杂的复杂。把哲学的终极和终极的哲学折腾得如同在鸡和蛋的闹剧中加进了山西老陈醋的味道。调皮的悟空因为随着唐僧便成了齐天大圣,而时至今日中原的中原人戏耍的顽猴,应是先人们历经磨难、艰苦卓绝的文化符号。在饥肠辘辘的寒冬腊月,猴子就是比人"跳"得高尚。

被喻"宇宙之王"的斯蒂芬·威廉·霍金,用其仅能微动的三个手指,玩转整个世界。"读不了的畅销书"《时间简史:从大爆炸到黑洞》发行了 1000 万册,作为姐妹篇的《果壳中的宇宙》发行得更多。读霍氏的书,谈霍某的事,一时成了时尚。尽管真正懂的不多,能读完的也没几个。但霍老因患肌肉萎缩运动神经元疾病变成外星人的模样,发出的宇宙声音,大家好像都记住了、听懂了。霍金自己也搞不明白的空间无限、宇宙无边,包括鬼神灵异甚

六 你说我是谁？

至是上帝之说，都力图在相对与量子统一、黑洞转灰洞的嬗变中探明宇宙大爆作的底火，并搂草打兔子顺便找出达尔文的人猴和柬埔寨懒猴的不同。

懂和不懂的人都在装懂，看和不看的人都在装看。坐着轮椅的霍老很享受：**在小小的地球上我是最美最美的王。**便不断地发号施令起来：地球终结、100年内人类灭绝、外星人来侵、超级火山、生化危机，并特别嘱咐中国人千万不要登上月球。理由可能是怕中国人太勤劳，月光之下照样劳作，把月球的秩序搅乱。霍金也许知道嫦娥奔月不光是为了一只兔子，听说还有贵重金属，据说比黄金都贵上千倍。

自然的科学一旦遇到科学的自然，黑洞里就闪耀起刺眼的光芒。即便是把霍某喻为伽利略三百年后的转世金童，拿来《星空使者》和哥白尼《天体运行论》，并随着在罗马鲜花广场被大火烧死的布鲁诺，自然科学仍在借助科学自然的力量。

宇宙爆炸，科学家的霍金明白；精子撞击卵子的故事，凡人的霍金同样也很明白。宇宙的起源霍金想搞明白，人类的来头霍金更想搞个明白。但其实地球上的人谁也没搞明白。只有达尔文牵着的那个调皮的猴子心里最最明白。

当现代人努力地表达着对哲学的理解，并企图把其归纳为人类的初始骄傲、自我的宗教和最后的底线时，却往往是只追求科学的知识，而忽略哲学的方式。在公元前500年世界出现了以中国、古印度、古埃及、古巴比伦为代表的四大文明古国，其中，中国人的诸子百家，阴阳名墨儒法道和兵家、农家、纵横家形成的三教九流，以及印度的

千沟万壑，春夏秋冬；
一来而往，一呼一吸。

六 你说我是谁？

《薄伽梵歌》，再加上以色列的希伯来文明和古希腊人对人类历史起源的好奇天问，也就诞生了世界观和宇宙论。**随之便有了人与人根本的区别在于哲学的哲学家说**，并一致举起双手：唯有用弗朗西斯·培根"knowledge is power"的鼓动，才能努力实现人对世界的裁判，并获得可以照耀自己生命的棱镜，以不至于在生死道路上瘸成左摇右晃的跛子。

伴随圣光在地球智慧之门开启时降生的尼古拉·特斯拉，不客气地断绝了与爱迪生的关系，在发明了交流电的同时，努力探求人类大脑吸收宇宙核心力量的实现，把"人类是宇宙中最智慧的生物"视为荒谬，并准确预测了第一次世界大战爆发和结束的时间。致力于非线性问题研究，企图以小的输入引发出大的输出，"我可以把地球锯成两瓣"，"1908.6.30"通古斯大爆炸，就是其死光实验造成。

天才的奇人和奇人的天才，无不例外地既仰望天空，放眼宇宙，又不得不低下脑袋紧盯脚下，仔细地研究着每一个忙碌的蚂蚁，试图从针头线脑中发现蛛丝马迹，找寻那一缕缕左右生死的神奇力量。

七　自然法则

自然乃人之亲娘，人本就是自然之子，吸食着母乳长大。在认识、改造和利用自然的路途上，处处都充溢着娘亲大爱的情怀。是和谐共融，还是相互摧残，决定着彼此的生死互换。日月星辰，江河湖泊，风和日丽，阳光明媚，或是暴风骤雨，电闪雷鸣，天塌地陷，飓风海啸，或是瘟疫病患，战争灾荒，自然之母都以博大的胸怀、和蔼的笑靥善待着纷繁复杂、时而狂乱的世界。

2003年的一场急性呼吸综合征的冠状病毒，不管是叫SARS、沙士、萨斯，还是叫它沙斯，果子狸最后被认定为罪魁祸首，在全球闹腾了一阵子，报复并夺走了919个生命后，而因祸得福，没人再吃它们，彻底得救了，就连天上的飞机、地下的火车、水里的潜艇也想吃的中国广东人也彻底打消了念头。果子狸们从此过上了安生的日子，儿女子孙们一起在欢呼跳跃，鼓乐齐鸣。坐在中国海南的旅游大巴上，不经意就能看到路边不时有结群的果子狸在悠然地觅食，并昂首挺胸，气宇轩昂，带着调戏的神态，向你招手致意……

地球上人太多了，死几个又算什么。果子狸闹事的2003年，地球人已70亿了，919个简直就是九牛一毛。所以人们该干啥干啥：淘金的掘洞，伐木的磨刀，烧荒的点火，捕鱼的结网，管他什么臭氧空洞、荒漠干旱、动物灭绝、冰水消融。恩格斯说:"我们不要过分陶醉于我们对自然界的胜利,对于每一次这样的胜利,自然界都报复了我们。"霍金又说了,人口增加,能源紧缺,自然被无限开采,地球就像一个熊熊燃烧的火球,人类将在 2600 年前灭绝。并说最先倒霉的是图瓦卢、荷兰、基里巴斯、海地和日本五国。中国的人和一些国中的人就咧着大嘴、流着口水,开心地笑着,起码"霍王"暂时没有点俺的名字。所以就继续肆意毫无节制地向大自然攫取着、索要着、掠夺着,就像贪婪的猎狗,紧嗫着母亲的乳头,恨不得把乳房中的奶水全部吸干。以致被世界公认的俄罗斯的高加索、巴基斯坦的罕萨、厄瓜多尔的比尔卡班巴、中国新疆的南疆和广西的巴马五个长寿之地,也毫无顾忌地沸腾起来。无数面黄肌瘦、身患重症坐着轮椅的人在家人的簇拥下,或一些希冀健康长寿的人,一股脑地涌来,甚至是不惜代价、不辞辛劳狂奔而来,为的是减轻或除去繁华都市的雾霾、奢靡生活的累赘及其带来的疾痛和折磨。而这些热闹的地方过去可是人迹罕至,偏远十分,远离人们蹂躏自然享受繁华的"文明"。1885 年出生活了 126 岁的罗美珍、爱好诗词 102 岁的黄大明和勤俭劳作的 107 岁的陆娅边老人,在手捻慕名而来的合影者敬上的几张钞票的同时,或许会用来访者根本听不懂的巴马方言嘟囔几句:"我宁愿吃饱穿暖撑死,也不愿吃红薯喝稀饭活着。"

  当然外地人是听不懂的,即使听懂也装不懂;听懂了,真懂了,也就没意思了。揣着明白装糊涂,人们惯用的伎俩。臭豆腐闻之臭,食之香。为眼前的利益或图一时的快活,死了又算什么。随着时间的流淌,死的记忆将被淡忘,

果子狸肉汤的美味，必会勾起人们无限的遐想。说是好了伤疤忘了疼，其实还是利益的豺狼和私欲的虎豹。

当然不论是高加索、罕萨、比尔卡班巴还是新疆的库尔班大叔，或是巴马的罗美珍、黄大明们是不会知道一个叫庄子的人在若干年前说过"恬淡寂寞，虚无无为"这样一句话的。**生命乃载以形，守以神，而神不守形，形衰神散，是为亡死**。更不会知道这个叫庄子的人居然在他老婆死后不悲却唱的故事。

故时间的长短，生死的过程，在人和人或人和物或物和物的多彩世界里，似乎很难有个精致度量的游标卡尺，**并不会因为你站得多高或多么渺小，你是黄帝舜尧还是蝼蚁蚂蟥，甚至是让人一想就呕的蛆而改变。**

时间的模具把所有的人物压制成千姿百态；生死的法则似乎也只能在自然的河流中任意地翻卷。随波涛汹涌和山岚浮动的并不都是鱼虾蚊蝇，照样裹着海中霸王虎鲸和万鹰之神海东青，当然也有唐宗宋祖、吕布关羽、皮埃尔拿破仑和希特勒隆美尔。

顺应天命者不一定生，违抗天命者也不一定会死。或许只要心灵有家，生死才有出路。哪一座青山没见过人死？哪一条江河没流过人生？而哪一缕阳光邀那晨露不曾孕育新的生命？青山依旧，夕阳几度。生多喜悦，死为悲凄，常人多是。大禹却说："生者寄也，死者归也。"

人事、世事纷繁复杂岂能一眼看透，许须数年、数十年、百年、数百年，甚至千年、数千年。即使是看清了、说白了，即使是高喊了、唱响了，再即使是铜铸了、金印了，而若干年后，或许无须到若干年后的那天，却又完全翻了个身,变了个样,调了个个。焚书坑儒的秦始皇、"宁我负人,毋人负我"的曹操、埃及艳后克劳巴特拉依、功过不清的处女王伊丽莎白·都铎及被视为俄罗斯帝国化身的叶卡捷琳娜,还有擎起"日江少帝国"的铁腕娘子德玲娜·维多利亚,等等,数不胜数,也实在无法数。

  史人的功过,世事的是非,历史很难评判,倒是被继承了基因或杂交变种了的后世子孙的子孙们,因由自己的喜好和口味的咸淡,肆意地铲勺翻飞,红烧、爆炒、清蒸、乱炖、白灼,高兴了还会串烧、吊烤、香煎,并涂撒上孜然、尖椒还要蘸上芥末,或许还人模狗样地涂上奶酪。男女老少各取所需,**只要对上自己的胃口,就是好味道。**

八　故事调侃

老少爷们马扎一蹲,大茶缸一端,蒲扇一晃,开吹吧:想当年咱祖上驰骋疆场,金戈铁马,气吞山河如虎,战无不胜,攻无不克,所向披靡,横扫千军如卷席……咱额娘可是血统高贵的正黄旗,这四合院可是太爷爷给咱留下的聚宝盆,谁来动弹,不给个亿儿八千万,没门儿!唾沫星子在飞,用黏着污垢泛黄的毛巾撸一把光头上因亢奋淌出的臭汗,继续摇晃白胖的膀子并抖动着赘肉的肚皮。星星因害臊赶紧躲了,月亮冷峻地转了个脸,胡同里东倒西歪的老槐树上的知了不耐烦地粢下几滴臊尿,吹牛侃大山的娘们和爷们便对天骂上几句带着京味的脏话,极不情愿地迷迷瞪瞪,歪七扭八,步履蹒跚地挤进破旧不堪的"亿元豪宅"蜗居起来。等到第二天日上三竿,老馒头一啃,咸菜疙瘩一嚼,破布鞋一趿拉,鸟笼一提,浑身一抖,红墙外一遛,威风八面,在外地人面前咱是气宇轩昂、谁都惹不起的爷。

物质贫乏,精神富有;江河横流,精神不朽。在死要面子活受罪、不穿背心光着膀子的爷们那里,经济基础对上层建筑是多么的渺小。

活着就好,尽管死了肯定是葬不到十三陵的,当然更进不了八宝山,但毕竟比南蛮之地巴马的老妈子,更比巴基斯坦罕萨人"日出而作,日落而息"见识得多,尽管他们有世上最矮的袖珍马和独一无二的沙色头发。红墙旁胡同里遛鸟的人们也就活得滋润，死得安生，并在铿锵清脆仓促的京胡弦丝中，哼着京腔，喷着京味，踱起稳稳当当的四方步。

物质的需求，在有钱人眼里实在不值一提。吴承恩《西游记》里妖们都想吃唐僧肉，是为了永远当妖，永不做人，做一个千秋万代的老妖精。虽然电视里的唐僧并不是真正的唐僧，但大家都说像，人们便把他当成了唐僧。既然都说你是，也就有人惦记起了这个唐僧。**人好像都是吃肉的，但唐僧的肉就不是谁都可以吃的**。一人独享岂不乐哉！外人、嫉妒、羡慕或恨的人就编排了不少眼热的花边新闻。却不知道，几十年过去，人家恩爱如初，搞起了紫檀，复原着老北京的风貌。这一来二往的转弯变道，不光是银子有了好的去处，那油光发亮的紫檀，不论是广西、广东，或是老挝、越南、柬埔寨和马来西亚，当然最好的还属人家印度特有的小叶紫檀，花重金漂洋过海，运到自己的工厂，精心设计，仔细打磨，纯手工制作，无一铁钉，全榫卯衔接，件件精品，价值连城，但凡有见者，无不咋舌赞叹，视为极品。不光有了自己专门的世界第一的紫檀博物馆，某年某月某日制作的十分之一比例的天坛仿品已被中国的故宫博物院永久收藏。

人真假难辨，事不说东西；钱不管多少，肉不论肥瘦。伴奏着的是作曲家许镜清的《云宫迅音》和《敢问路在何方》，并美美地给予紫檀物件星云式超度，和万古永恒、流芳百世的生死祈愿。不管是真唐僧还是假唐僧，也不管是真吃肉，还是假吃肉，但紫檀的家什却会因原料的奇少和

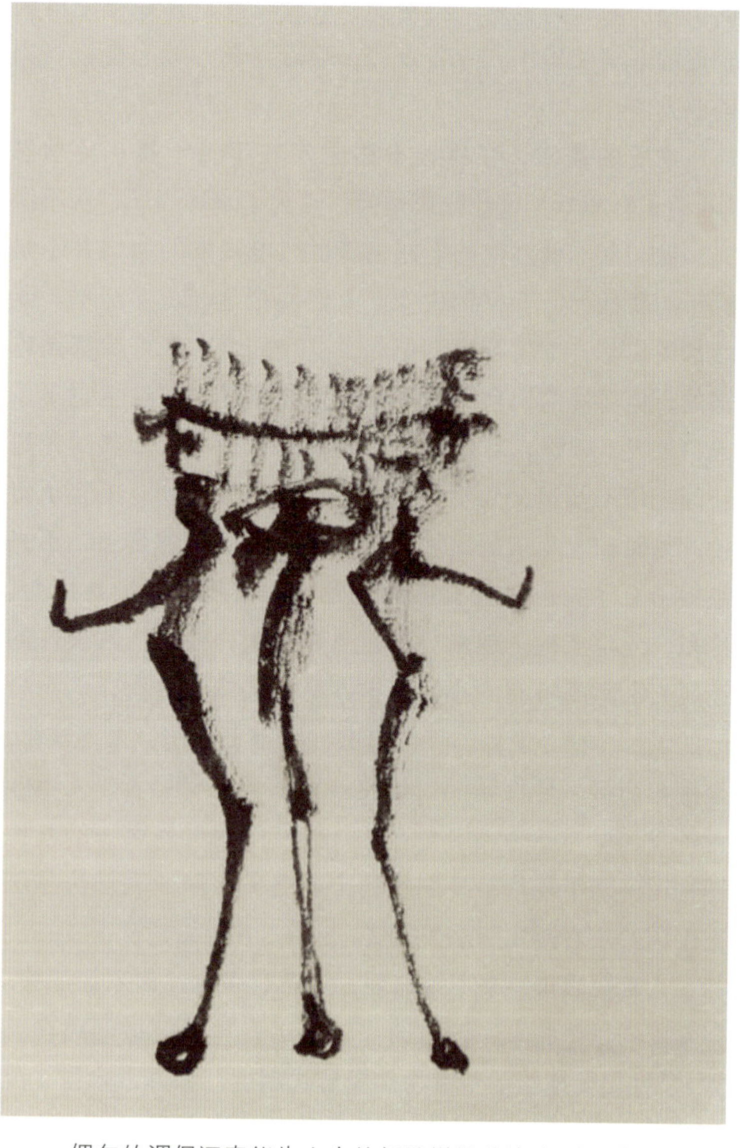

偶尔的调侃还真能为人生的折腾增添些许喜剧的味道

做工的精美，价值与日俱增，并弥足珍贵，实现永恒。而其上镌刻的姓氏人名，也会因无数膜拜者的虔诚摩挲而更加油光发亮，便实现了比吃唐僧小鲜肉更加的万寿无疆，自然也就比颐和园佛香阁的主人更会万岁万岁万万岁！

生死的模式也就不再是肉体凡胎的存亡，或许会以另类的形式表达得更为精彩纷呈。是脱俗超度、仙逝夭殇，是气断数尽、吹灯拔蜡，是圆寂涅槃、寿终正寝，是事劳归主、领便当去，还是骤亡殉道、捐躯成仁，**死的过程或许会因死的雅号别称"殁殒殂殪"的字体生僻而复杂起来，但其实就是一杯水、一粒药、一根绳、闭上眼睛猛一跳的事。**

倘若悟透了"死"这后生，一切就变得飘逸潇洒、风流倜傥起来：优雅地表达着吐口气、抛下眼、摔个头的世界与我无关的从容淡定，并飘然若仙、腾云驾雾般回归自然，入土进水升天。原本俏丽乖巧的"生"这女娃，反倒是扭扭捏捏、羞羞答答起来：哼唧着、吵闹着、烦躁着并张牙舞爪还胡搅蛮缠着。尽管皇城根下有本事的京妞不多，为吃唐僧肉煞费苦心、拐弯抹角的老娘更是顶绝，但终究是上演了一出连如来佛祖都不曾预料的京剧大唱。饥肠辘辘的饿狼，为一口生了蛆的腐肉，不惜厮杀半天。咬下了唐僧一截脚趾头，也应算是唯一吃了唐僧肉的女人，却是他的母亲，当然其目的不会是之后的众妖们所企图的长生不死，永远做妖，故而也就应该被理解并和着星云人家的佛掌喝彩。

物质为自然的存在，思想却是为滋润的活法，而唯有精神的努力是为永恒地活着。界外人或许就根本体会不到

人家吃了唐僧肉的滋味，更无法参悟出为什么修道九级的高僧佛徒热衷捻珠经颂。而在量子世界里，世界可以是虚假的，即使是牛顿也只是一缕波纹划过。在叠加的存在和不存在，被意识参与后，就成了唯一的存在或不存在。"薛定谔的猫"的咪叫，量子力学的鬼魅，使得世界的存在成了不解，倘若没有意识的存在也就没有世界的存在。

　　印象中的唐僧好像只是到了西天并取回真经，但在南极的企鹅和北极的熊，却在为本能的生死折腾着。想必吴承恩与唐僧和如来佛，包括耶稣基督并不知道它们在哪？是啥？置身其外的人是难以理解的，或许还会嘲笑它们的愚钝和迟笨。**南北极的亿万年冰面，在山崩地裂中优雅地分解**。帝企鹅、象海豹、海狼、雪海燕世代繁衍的家园，在漂浮游动中坍塌；如冰一样洁白的北极熊、北极狐、北极兔，为生存气喘吁吁地弹跳在混乱不堪、相互碰撞的冰的舢板上。

九　大地无言

若如科学家们所言，以现在的速度至多不用 5000 年地球的冰雪将会全部融化，海平面上升 66 米，地球表面气温上升 12℃，七大洲四大洋的海岸线将会改变甚至消失，据说孟加拉国肯定是没了，日不落帝国的伦敦只会是个记忆，荷兰、丹麦和埃及的亚历山大、开罗都会淹没，南极洲和格陵兰岛上巨大的亿年冰盾将完全涌进海的怀抱。当然，居住了 6 亿中国人的东南沿海也必是难逃水淹，果子狸们生活的海南岛和高山族人跳舞的台湾或许都成了礁。而地球人拼命苦苦经营、仔细打造的城市水泥钢筋森林，也包括难逃一劫的金字塔、长城、兵马俑、故宫、比萨斜塔、雅典卫城、泰姬陵、科隆大教堂，还有沙特阿拉伯的麦加大清真寺，等等，都会下潜水底。

地球被涤荡漂洗了个干净，水球在光影下晃晃荡荡。**生命被残酷剥夺不再是问题，只是被大水漫灌后变了种活法**。磷虾、驯鹿、麝牛和格林兰鲸、旅鼠、水獭或瞬间匿迹，人肯定是千方百计地活着。而亿万年冰层压迫的生灵会如同被五行山重扣下的悟空，直冲霄汉，重见光明，再获新生。北极熊和帝企鹅等拥抱在了一起，尽管水中卷着冰碴，但是漂泊生死，撕扯着纠缠不清，疾风暴雨，电闪雷鸣，天塌地陷，已无须任何的感叹，更没了生的愿和死的憾。**灾难之后变更了的海岸，遮蔽了风眼中的地平线**。

纽约港自由女神高擎的火炬引爆了黑的太阳和火的月亮，阴冷地放射出灰洞的射线，任由生的灵和死的魂的呼唤，头冠上的七道光芒瞬间消化，预示着日月星辰一片大乱。停靠在喜马拉雅峰顶的诺亚方舟在冰封若干年后，终于马达飞转，不知是亢奋还是愤怒地发出震天的轰鸣。

天灾人为祸，生死自己作；长短同根据，存亡本无序。人定胜天是豪气、志气，或许就是傻气。如若秦始皇不死、武则天健在，给月亮修个电梯，在太平洋上架座桥，胆是有了，想的也美，只是地球成了人球、肉球、臭球。嫦娥讨厌吵闹，掩面而去，桥晃荡得让人胆颤，就连皎洁的月宫玉兔也变得蓬头垢面，弄得地球人都不喜欢。

生活在大西洋的鲑鱼历尽艰险，行程数千公里，借助潮流的帮助，自大海溯入河川，依靠超强的游泳能力，飞越瀑布、堰坝等一切的障碍，躲避饥饿的黑熊和一切的天敌，穷尽全身的力量，甚至冲出湍流的河面，壮观的场面无不让人叹为观止，而鲑们只是本能地为了后代的繁衍和曾经的故乡。一回到淡水就停止进食，当生下自己的后代，即结束生命，把在大洋中积蓄了充足营养的身体浸泡，腐烂融化成肥腻的河水，以滋养子孙后代。生命得以世代延续，饥饿难耐的黑熊由此得到了继续捕杀猎食的力量。

研究人的人们，即使是希波克拉底"气质体液四类型说"、毕生《福尔摩斯探案集》、赫尔曼·艾宾浩斯"人会遗忘之前记住的东西"、西格蒙特·弗洛伊德"性驱动力""集体无意识"等著名的心理大咖，在致力细扒慢拨人类头髻发梢的空档，也只是叼着雪茄、品着咖啡、玩弄着锃亮的刀叉，不经意地瞥了一眼：狗吃屎、鼠打洞、海象"寻冰之旅"、肯尼亚马赛马拉百万牛羚激起的1800英里沙尘、大西洋抹香鲸拖儿带女万里迁徙、行军蚁几十万上百万声势浩大的步调一致、巴西南美洲绿海龟几十万年来从不改变地历时两个多月穿越万顷波涛大西洋来到只有几公里的阿森松岛、莫桑比克雄狮拼尽全力连续交配二十次……**只是低级动物本能,只是为了活着。当然不知道是为什么活着?为谁活着?一代一代死命地活着?神学、哲学、理学的大师们,就更加感慨变成了人的类人猿的伟大、达尔文的伟大、不做畜牲的伟大!**便无须劳我等劳神费力,更加悠然地谈笑风生,专心致力探讨起高级动物人们高品质的对美好生活的心理需求。

九死一生、百折不挠、历经磨难,终于得以到达目的地的鲑、信天翁和老鼠苍蝇们,当然是不知道人类是怎么为了它们不懂或无辜受到连累的原因,进行迁徙、征战得更加残酷和血腥。尽管现代人大都不愿承认非洲是人类基因的起源,但人家英国剑桥大学人类遗传学家安德里亚·马尼卡不知从哪里弄了个4500年前一具青年男性骷髅的DNA,很有把握地说,有相当于当时地球人口四分之一的人在非洲进行了大迁徙,非洲人的染色体至少有百分之五,可以追溯到欧亚大陆回迁的人,并为现在的地球家园合成了张全家福。有人说,人类出现在地球上已有300多万年,如果把地球46亿年的寿命比作一天,那么人类就像在一天24小时的最后一分钟出现。也就是说,**看似漫长的人类历史,其实在宇宙世界里就是极其短暂的一瞬,但在这一瞬中却满满记录了人们千辛万苦,为生存、为繁衍、为信仰疲于奔命的迁徙史。**用手转动地球仪,如若用丝线显示人

类迁徙的路途，地球将会像中国广西壮家人五彩的绣球。单是发生在公元4世纪到公元7世纪，历时400多年的欧洲民族大迁徙，尽管多为古希腊和古罗马人，但都因为灾荒、战争和蛮族的入侵，搅动了整个欧洲世界。

哭墙诉说

倘若有人问人类史上哪个民族最坚韧、最聪明，人们肯定会异口同声地说是犹太人，这应是地球人的共识。当然也有人说是中国人，起码十三亿中国人都会说是中国人。人类数千年的发展史，就是犹太人的血泪史。"与神决力者"乃为以色列。《圣经》就是上帝借着犹太人记录下来的传世经典。稍微了解以色列的人，都知道这个苦难深重的民族在千年的漂泊迁徙中，一直饱受着饥饿、杀戮和欺侮，但他们坚守着自己的信仰，屹立不倒，愈挫愈勇。《塔木德》："世界上若有十分美，九分在耶路撒冷。"也有人说：**上帝给世界十个苦难，九个给了耶路撒冷**。公元2017年12月的一个星期三，美利坚合众总统特朗普突然放了一个引爆中东、让以色列人欢呼、全世界人震惊，特别是巴勒斯坦人愤怒的"臭屁"：耶路撒冷是以色列的首都。

耶路撒冷乃希伯来语"和平之城"，既是全世界的圣城，也是历史上的杀戮之城，一个连神都不敢说三道四的地方，是一个宗神的神殿，两个民族的首都，三个宗教的圣地。犹太教、基督教、伊斯兰教汇集于此。**在过去几千年的历史中，杀戮太多，亡灵的头盖骨比城墙的砖还多，是神与鬼、天堂和地狱同在之地。**

但就特朗普胆大，真应了无知者无畏。仅是1099年代表基督教的十字军第一次东征，就屠城灭绝了被视为异教

徒的伊斯兰人居住的耶路撒冷三十多万男女老少。尽管后来的伊斯兰世界的民族英雄萨拉丁广施仁政，但之后的五次东征，仍是杀了个人仰马翻，天昏地暗，血流成河。自公元前1000年左右犹太大卫王建第一座圣殿始，犹太人不知经过了多少次的回迁，付出了多么惨烈的代价，至今只剩下了一堵沾满了血泪的哭墙。

当然特朗普虽任性但绝不是傻子，除了其"美国优先"的国家战略外，搅乱中东，体现存在，当然也清楚阿拉伯世界国家利益远远超出伊斯兰"大同世界"的宗教力量，尽管穆斯林兄弟齐声呐喊，群情激奋，但也只是赛个嗓门，表个态度。**一望无际的荒原沙漠，虽被地下的滚滚石油，漂染得富丽堂皇、贼光铮亮，但驼铃叮当，弹奏的仍是长途跋涉人的一路忧伤**。今日之犹太人在国际上的地位，尤其是在美国的影响力，更是让特朗普代表的美国人敬服不已。美国的舆论喉舌和经济命脉几乎被犹太人把控，三分之一的亿万富翁是犹太人，要想稳控国内，保住总统宝座，还真离不开人家犹太人。爱女伊万卡的夫婿库什纳是犹太人，还有伊万卡的超级闺蜜中国人邓文迪的前夫默多克也是犹太人哩！

"犹太人大屠杀"不管是英语和德语"holocaust"，还是犹太人的"shoah"，或许纳粹希特勒屠杀600万犹太人的种族清洗，肯定会暗中有人击掌鸣笛。尽管自1948年5月15日始至1982年的五次中东战争，多以犹太人的胜利告终，但为此付出的民族代价让人哭笑不得。此次特朗普的癫狂，不知给犹太民族和阿拉伯世界带来的是福？是祸？还是难？尽管基督和伊斯兰教都脱胎于犹太教，并敬奉同

十 哭墙诉说

日月经天,江河大道

一尊神，但耶和华、穆罕默德和耶稣的众神吵闹或是握手言笑，在当今并不单靠爱因斯坦的 $E=mc^2$ 时代，或许就真让法西斯阿道夫·希特勒的鬼魂翘着小胡子在狰狞中狂笑，当然还有墨索里尼和东条英机也许都在阴曹地府里放声大笑。

耶路撒冷很冷，太平之城血腥。

生死之道，阴阳互动；阳照生死，阴顾死生。当就是生若春芽萌绿，死如秋枫溢华。春的播种和耕耘，并不一定得到的是希冀的收获，秋后的斜阳有时照样毒辣地灼瞎双眼，**更或许一年四季的起早贪黑、千辛万苦得到的是枯叶一片、黄土一堆**。宇宙间或许有若干颗永放光芒的太阳，但人却不可能两次踏入同一条河流。

是故鲁迅之"惟沉默是最高的轻蔑"呼应着"不在沉默中爆发，就在沉默中灭亡"，就是像胡适那样的文弱书生也曾表达出"宁鸣而死，不默而生"的心底嘶喊。突然间，威廉·莎士比亚"生存还是毁灭，这是一个值得考虑的问题。漠然忍受命运的暴虐的毒箭，或是挺身反抗人间的无涯的苦难，通过斗争把它们扫清，这两种行为，哪一种更高贵？**死了，睡着了，什么都完了**"。是那么的现实的无用。

犹太复国的路途是何等的漫长？人类追求美好的道路是多么艰难？**生死笔墨**，浸蘸时空的缤纷五彩，面对茫茫宇宙的无边天幕，绘就着纷繁复杂的大千世界。或许在勇于牺牲的精子和温情包容的卵子面前，万千生活着的生灵愧疚难当：姑枉了它们的浴血奋战、一路拼杀、激情浩荡……

十 哭墙诉说

世间之事，生死二字；三千繁华，两眼一闭。但凡活的都会死去，但真正活过的又有几人？江河横流，惊涛拍岸，淘尽万古风流；日月星辰，风雷激荡，谁说你我东西？面朝黄土背朝天的庄户老汉，狠劲地铲下一锄祖祖辈辈不知翻碾了几千遍的土疙瘩，并甩了一把鼻涕，啐了一句臭骂："白折腾了你爹一炷好蜡。"遂端起盆大的瓷碗，稀里哗啦地吃了一锅没放香辛料的牛肉清真拉面。

普天之下，芸芸众生，唯有合掌抱拳，虔诚向天，高唤一声阿门，低颂一句真主，冥念一番众神：福佑苍生，生死自然。耶路撒冷啊！"道色兰"。阿里郎啊！"我不聋"。恃强凌弱者稍停，仁爱为人者英明。《处世悬镜》有"天地载道，道存则万物生，道失则万物灭。天道之数，至则反，胜则衰。炎炎之火，灭期近矣"。孔夫子之为"道"而死、行"仁"而亡的儒学诤言，不知还能否给"地主恶霸""土豪劣绅"们一丁点的善意谏告。

随之又有了：**生为死活，活为死生。**彻念的道是：生本必死，死而后生；悲戚的是生不能死，生不如死；更哀号的是欲生不能，想死不成，不得好死，难得"善终"。

生的春夏秋冬，必定是为死装满了酸甜苦辣。大凡有思想者，概莫能外。猪狗牛羊们当然是一路小跑、无忧无虑并欢声笑语地继续为高尚的人们积极奉献着。

鲁迅有一"路"说："其实地上本没有路，走的人多了，也便成了路。"九十七岁的《故乡》，闰土和杨二嫂肯定是早已仙逝，只是游荡在另一世界的他们，是否如同现时的俗人一样，仍旧经受着精神的束缚，人性的扭曲，世态的炎凉？**其实也并不像鲁先生所说，不论地上还是天上，**

本来就有很多很多数都数不清的路，只是没有人走，便说没有路。虽说死路只有一条，但半死不活、不死不活、要死要活、又死又活的路，还是数不胜数，没法数！天堂有路你不走，地狱无门你偏来！这尽管算是句气恼话，但就是这样作贱，你又能咋样！

 **战争獠牙**

当战争的机器一旦轰鸣，世界便被搅得七零八落。仅就发生在 1914 年 7 月 28 日至 1918 年 11 月 11 日历时四年的第一次世界大战而言，看似是因奥匈帝国皇储斐迪南大公夫妇在萨拉热窝被塞尔维亚青年加夫里若·普林西普刺杀所致，实则是分赃不均的非正义的各帝国之间的掠杀。其结果是带给人类空前的浩劫、无尽的灾难。四年间，30 多个国家的 15 亿人被卷入战争，死伤 2500 多万人。人们在努力医治"一战"创伤还没来得及消停，21 年后的 1939 年 9 月，由德意志法西斯点燃的第二次世界大战的熊熊大火，一直烧到了 1945 年 2 月。6 年的时间里，钢铁对撞、枪林弹雨、生灵涂炭、血肉横飞、尸骨遍野、怨声四起，整个地球都被烧得滚烫，满目疮痍，硬是把 20 多亿人拽进战争的火坑，以致近 7000 万人失去生命。**爱恨生死交织。**如若把"一战"谓为"春秋无义"傻大黑粗的掰手腕，那"二战"则是不折不扣的反人类的、偏执狂暴又披上法西斯"政治外衣"的杀戮和屠杀。战后人们"宽恕，但不忘记"，伏契克也说"善良的人们，你们要警惕"。1970 年 12 月 7 日，勃兰特在犹太人死难者纪念碑前"华沙之跪"，不仅被誉为"欧洲约一千年来最强烈的谢罪"，也成就了德国，饶恕了德意志，1971 年的诺贝尔和平奖桂冠，世界人大气地戴在了勃氏的头上。反观同为罪魁的东瀛日本，时至今日，

仍倔强地耍着无赖，叫嚣并怀念着罪恶战争的"辉煌"。六朝古都南京城下冤死的三十万亡灵，都在齐声诅咒：即使是爬到富士山顶死命撑竿跳，也比不上虔诚屈膝下跪的"德意志"。只是不知道长崎、广岛十多万大和子民的幽灵，是否也能顿悟醒来，和着金陵石头城的哀鸣，挥动着荧光棒，踢踏着迈克尔·杰克逊霹雳舒张的"heal the world"节奏，虔诚祷告太空舞步的真诚。

老子说："天下有道，却走马以粪；天下无道，戎马生于郊。罪莫大于可欲，祸莫大于不知足，咎莫大于欲得，故知足之足，常足矣。""杀人之众，以悲哀莅之。"道非道，理无理。**多数的少数，少数的多数。**轰轰隆隆的战火硝烟中，倒下的不知是为了少数的多数，还是为了多数的少数。任何的存在又无不拥有自慰式的理由，当多数尚在懵懂琢磨着自然的物理时，少数的精灵正以意识的圣光挥舞起思想的利剑。

自私贪婪属性是极为自然的生态，无一例外地生活在细胞的基因里，激荡在鲜红的血液里，为实现"理想"的大脑提供着丰足的营养。不论被誉为先哲的泰勒斯、普罗塔哥拉、苏格拉底还是老子、庄子、韩非子，或者是伊壁鸠鲁、培根、笛卡尔，又或者是黑格尔、康德，即使是无产阶级的伟大导师马克思、恩格斯，甚至罪魁的魔师希特勒、墨索里尼，不论是行万里路读万卷书，彻夜难眠奋笔疾书，还是挥枪弄棒张牙舞爪吹胡子瞪眼，还是手起刀落，四面血光，无不因利益的驱使和思想的放光。

自然科学的终极或说尽头，坠入神学的迷殿，而精神意识的光明，有时更会爆发出摧毁世界的魔力。物质的生命，在精神的追求里，忙得根本没人顾看，而精神的至高实现，却需以存在的牺牲甚至毁灭来交换。长风破浪三千年为史，难脱功名利禄；星移斗转九万里寻道，终究柴米油盐。

希特勒之"一个只懂得抗议的国家，是没有骨头的国家""一定要把军装做到最帅，这样才会有更多的年轻人来穿它""我会让世界记住我一千年""一个女人如果肯拿吃饭的钱来化妆，那么一定有人肯请她吃饭"的经典四句，不论是内容还是事实，都得以印证。而其中关于抗议、军装和记住一千年的说辞，歇斯底里地表达着纳粹的"自由""理想""尊严""诺言"，并借用本杰明·马丁和腓特烈大帝之名，牵引七千万"坚贞不屈"的日耳曼人。**至于带给人类的灾难，全部被因其极度的鼓噪而迸发出来的震耳欲聋的德意志民族嘶喊声所淹没**。维也纳街头流浪的三流画匠因窥透了人的兽性，转瞬被国家机器的彩笔描绘成至高无上的精神领袖。武装到牙齿的法西斯铁骑，仅用两年就蹄踏整个欧洲，十四个国家被占领。狂傲的阿道夫笑曰："我虽然没有上过一天军校，但我拿下了整个欧洲。"即使是关于女人吃饭还是化妆的论调其实也还算精到，只是恶魔自私地只对一个名曰爱娃的女子痴情，以致她为他殉情。希特勒拥有的超强大脑的智商毫不逊色于爱因斯坦，其情商更是为爱因斯坦所望尘莫及。

虽然希特勒"我要站在世界最高的地方，向全世界的人说一声：立正！"的狂想最终被带进了地狱，但千年之后的人们想忘掉那个留着小胡子的德国人，简直就是不可能，游荡在雾霾之中的纳粹幽魂，或许会以更加高亢的声调飚

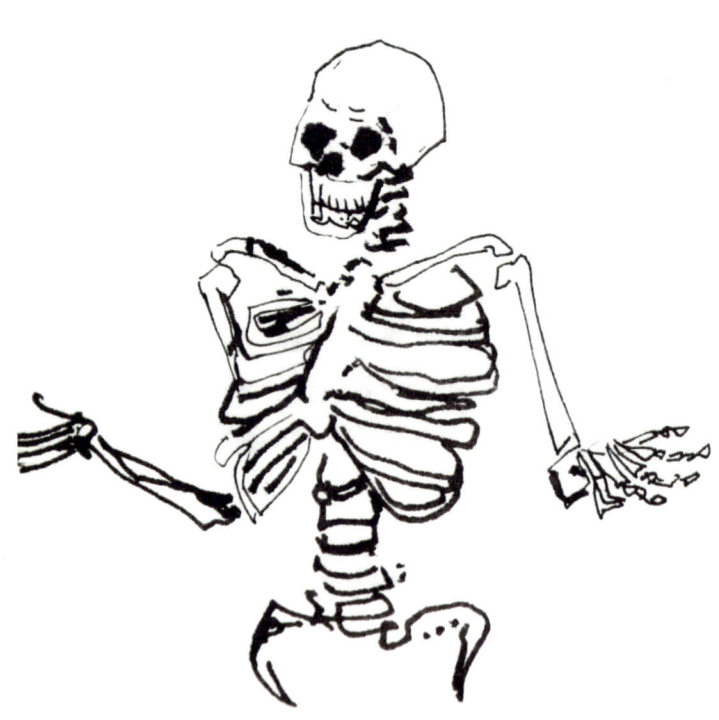

是哭?是笑?只有鬼神知道!

出不伦不类的"忐忑"怪叫。至于世界上人们对希特勒的评价的一致性没有不同,但其同族后人对于元首在1938年前是伟人,之后到1940年是暴君,再之后,就彻底疯了的说法,还是有不少共鸣。但不管怎样的评价,只是在其从所谓的伟人到暴君到疯子的过程中,"精英"思想的跳跃、精神的嬗变,必致行为的变化,而追随者的前呼后拥,不知是因为曾经的崇拜、惯性的追随,还是既得的利益,又或是私欲的诱惑,再或是同栓一绳、同渡一船,便坚定不移地,甚至是极度疯狂地,进行着"大海"的航行。管他什么生灵涂炭、血肉横飞、妻离子散、饿殍遍野,只要是"元首"的号令、手指所向,便意志坚定、奋不顾身、勇往直前。日本的天皇裕仁如希特勒一样,在掀起军国主义狂潮中,扭曲的国家和民族主义把一个个普通的民众变成疯狂效忠的野兽,狰狞不堪丧失人性。不仅给整个亚洲带来了深重的灾难,也让无数的日本人家破人亡,自己很要面子的一个统计是死了210万人,或许德国"制造"的数据可信度大点,是800万人。当然也有人在计较着卡扎菲的镇压、萨达姆的独裁和博卡萨的毫无人性。

令人费解的是:仅凭一个希特勒超乎寻常的雄辩口才和鼓噪能力,怎就能唤起千万民众,且是不分男女老少,那样不顾一切地慷慨赴死、前仆后继、万死不辞?

人说时间是个慈祥的老人,更有人说时间是残酷无情的杀猪刀,其实更多的时候倒像个娱乐的猢狲。尽管他恒定着江河湖泊、日月星辰,长短粗细、轻重厚薄,红黄蓝绿……但在人的河和物的流里,有谁能完整又真实地用时间小楷,记录一个精子的来龙去脉;又有哪个能指望时间

篆刀，镌刻出一个卵胞的从容伟大。更多的倒是秦始皇的前后左右、武则天的东西南北、李世民的上下里外和彼得大帝的拐杖、拿破仑的战马、成吉思汗的奶酪、康乾的字画。

霍金为了满足地球人的虚荣或茶余饭后的无聊，以其奇特的想象，编纂了一部男女老少津津乐道的《时间简史》。其实大多数的读者都以科幻、猎奇和赶时髦的心境，表达着不知是对时间的感悟还是对霍金的尊重。霍金把时间的起点以宇宙膨胀而致大爆炸的奇点为始，并把时间终结的帷幕归为恒星引力收缩产出的黑洞，至于"暴涨模型"所展示的宇宙因极速膨胀，在几万分之一秒的瞬间半径放大了100万亿亿亿倍的大理，**作为不懂物理，特别是缺乏"天理"的普通人来说，只是凑个热闹，根本就看不出什么门道，多数的普通人是跟着起哄，为了显得自己也很"物理"，总比仅知道牛顿三定律或法拉第电磁感应要拽了很多**。如此这般，怎么就和精子之星撞击卵子之球，这人尽皆知的原始生理本能如此相似。

把简单搅复杂和把复杂撸简单，似乎是人类的一种爱好。希特勒、墨索里尼之辈为了自己的强盗逻辑，硬是把个人意志粉饰成全民族的共同愿景。霍金之"无法改变历史"的物理说辞是何等的物理，**但就是这些是人就懂的简单的简单，人们却宁愿煞费苦心地去复杂着复杂**。若要解释这是为了什么，或许真就应了"人生就是折腾"的调侃。

只是这折腾的过程付出的是无数鲜活肉体的生命。放在浩渺无际的茫茫宇宙或极其微观的"果壳中的世界"，一个人的存在简直不及一只生活在人的世界里的蟑蚁，即使

是大若地球的星球也简直不值一提。希特勒让人类一千年都记住他的野心得以实现，但遂了他的狼子野心的是无数鲜活生命的滚烫鲜血。**生死的概念在野心勃勃的"精英"的伟大企图里，就如同猪狗牛羊一样，理所当然地应该被屠宰烧烤。**

以凡夫俗子的幼稚或朴素，时间倒像一座桥、一剂药、一支笔，是一片云、一道电、一湖水，或许是一把枪、一柄剑、一根绞索，也或许是麻袋、抽屉、香包，**也或许是撬动地球反转的杠杆、锻铸金刚舍利的烈焰、轻薄历史鸿篇的一帧书签。**

 3·14 的巧合

今天霍金走了,心里还真不是滋味。前面几处文字的调侃,并无恶意,只是想借用只有霍先生一人才懂解读宇宙的自然的科学,来与大多数人一知半解的哲学搅和,研磨并反刍一下"生死"冤家。据说又出了一个宇宙巧合:除了上文已提到的霍金出生日 1942 年 1 月 8 日正是伽利略 1642 年 1 月 8 日去世 300 周年,其今日之死又与爱因斯坦出生的 1879 年 3 月 14 日巧合,且都是活了 76 岁。更有趣的是又都神奇地和圆周率这个数学最重要的常数联系在了一起。伽利略、爱因斯坦和霍金的神秘关联,若用数学的演算和物理的推理估计得不到答案,这冥冥之中的奇巧,也许只有上帝和灰洞之主能给个说法。这倒有点藏传佛教转世灵童的味道,当然也曾有人琢磨着沾一下伟人毛泽东的光,不知是用了催产素还是早熟药,非要把婴儿在 12 月 26 日或 9 月 6 日从娘胎中挤出来,就连名字也要带上一个"东"字。望子成龙、盼女舞凤,为人父母者用心良苦,实属人之常情,可更应明白:在人类历史的长河中,就毛泽东之思想境界、政治智慧、革命胆魄、军事才能,即便是诗词书法的造诣,可说是旷世奇才,真恐前无古人后无来者,至少上下五百年难有,也就是说等到霍金预言的人类 2600 年毁灭之日也不可能出现第二个毛泽东了。只是霍金

忌日之时谁家的孩子"遭殃",或能成为转世的霍金。当然"花"落中国是再好不过了,更希望是个健康的中国霍金,那样会为地球人类称霸宇宙、统一宇宙之外的宇宙做出更大贡献,每个人都可管理一个星球,**用北京爷们的话说,把地球当足球绕着紫禁城踢着玩儿。**

调侃一下,权当是对霍老先生《时间简史》故事的补充。在谁都搞不清楚的未知世界里,给精神的追求和欲望的希冀来点吗啡和海洛因似乎并不触犯天条。**思想的强奸和思想的性交,**即使是思想的踩躏、思想的家暴,只有思想知道。故如同北京人或北京猿人的颧骨再高、嘴巴再大、脑袋再圆也是可以理解和无可厚非的。但是要把河南周口袁世凯、鬼谷子又或是谢道韫、老子的照片挂在天安门上恐怕一时半会还真不成。就是黑带九段侃术的北京侃爷,也无法让淳朴的河南媳妇相信,弄不好还被赏上一顿带着豫剧调调的臭骂。

其实,让人叹息的是,怎么就没有人提及"3·14"这个日子,同样与一位被恩格斯誉为"人类短缺了一个头脑,一个我们这一代最杰出的头脑",于1883年3月14日去世的无产阶级的精神领袖马克思相关呢?作为全世界无产阶级的导师、科学共产主义的创始人,创作了《资本论》《共产党宣言》等鸿篇巨制的政治家、哲学家、经济学家、革命理论家,不仅创构并被实践让明也确实"撬动"了地球的理论,而且改变了人类世界的生存方向和死活方式。20世纪末,在进入新千年时,英国广播公司网上评选千年最伟大思想家风云人物,结果依次是马克思、爱因斯坦、牛

顿、达尔文、马克思位居榜首；1999年英国剑桥大学文理学院教授评选"千年第一思想家"，马克思当仁不让；2005年英国广播公司第四频道调查3万听众，征询"古今最伟大哲学家"，马克思位居第一；同年，德国第四次评选最伟大人物，马克思被评为"德国最伟大人物"。任何谈论19世纪以来思想史的人，举凡哲学、政治经济学、历史学、法学、社会学，无论赞成或反对，但若不表示对马克思的态度，就像谈论中国传统文化而无视孔夫子和儒家学说的客观存在一样，都会被认为是无知之举。**如果说资本主义的"走狗"们因其无产阶级的革命目的是消灭他们，而不愿提及、假装不知甚至是深恶痛绝，但无产阶级的"徒子徒孙"们似乎也太健忘，竟然没人发声，难道也都在装聋作哑？还是"娶了媳妇，忘了娘"？**

　　科学的物理试图穿越哲学的"隧道"，而哲学的光芒却可"轻而易举"照耀物理的天堂。当人们竭尽所能，演算着无理数π的小数点后的无限数时，其实人家祖冲之早在1592年演算的3.1415926与3.1415927之间的七位数的推断，更可能是给后辈子孙们一个哲学的说法，告诉的是一个生死的哲理。无知且大胆地狂妄预言：生死的循环、新旧的更替、世间万物的新陈代谢就是无穷无尽无理，至于人类消失之日，人或地球生命的单数或分类或总和，或许就是π的小数点后某位奇数或者偶值。现如今人们绞尽脑汁不断刷新的5亿位、10亿位还是240亿位，也只能是一个数学的演算过程，表达的只是一个时期计算工具的前进程度或某些人对数字的喜欢，又或是满足名利的欲望表达。

 "圆"与"零"说

命的绚丽绽放早已定格在精子与卵子的激情一撞。

精心的打扮、五彩的盛装、一路缤纷风光,冲刺撞线欢呼,原来是大戏一场。圆的宇宙包浆,迷茫了万物的方正,起跑的令箭,早就射向终点的胸膛。早来晚来迟早都来,你去他去大家都去。赤条条来,光溜溜去:没有高低贵贱,不分男女老少,一丝不挂,分文不带,筋骨作笔,精血为墨,以各自的方式,描画了无数形态各异、大小不匀、各式各类的圆。

人生如圆,圆如人生。圆非圆,零非零;零非圆,圆非零。零是零,圆是圆;圆是零,零是圆。不知与先贤庄子之"方生方死,方死方生;方可方不可,方不可方可"的生死哲学能否达成一丁点的共通?

生活的大海,谁做舟楫?命运的长路,谁来执杖?置身凡世,谁独清静?汹涌汪洋,惊涛骇浪,孤舟一叶,漂泊随风。当人们寄望海水涤荡迷茫、浪花粉饰情爱、涛声唤醒欢乐愉悦时,不外都是一种心的自愿和灵的归盼。并谨慎着一举一动、一言一行,小心翼翼、瞻前顾后,唯恐海水沾衫,海风撩发。在人生的舞台上,一直察言观色着"主角"的喜怒哀乐,始终做着束手束脚的陪衬。且多半的时间活在别人的世界里,千方百计地顾及着他人的感受,在意着是否得到认可,并因自然的天性和本能的反应,努

力甚至是绞尽脑汁地力求得到一个社会人应得的说法。拼命攀援的巅峰,挥手摇臂的光鲜,为的是赢得周围一片世界的吵闹和一致的呼喊。但回头是岸的一瞬,看到的并非都是艳阳蓝天、旭日朝霞,却是耸悚的阴云密布、电闪雷鸣,并搅和了勾心斗角、尔虞我诈。反倒是清心寡欲、随波逐流的船工老大继续着海上撒网、鱼虾酒酣。当不计浑身上下的绫罗绸缎,拥进海的怀抱,咸涩的海水却有了甜的滋味,**清凉世界不仅洗刷了凡世的浮尘,而且激醒了原本清真的灵魂**。当面对海的世界,无视天空悬挂的繁星,抖去沾满一身的各色眼球,来路竟是如此的平缓和简单,心就自然有了轻松和踏实。**猛然的回望,瞬间的觉醒,多少的生命历程,早已化作烟雨朦胧**。

暖风熏绿杨柳岸,嫩芽细草蓑衣洲;春花秋实燕呢喃,夏月冬雪为谁人。

大海狂浪波涛,孕育万物生灵。中华文化儒道佛并存,治心的佛、治身的道、治世的儒,犹如海的怀抱,提供给得意时的儒学觉醒,失意后的道家抚慰,绝望中的佛法普度。孔子曰"智者乐水",智慧当如水之灵动,儒风柔水;老子说"上善若水",刚柔一体的哲理辩证,道义水中;佛禅之"善心如水",饮水思源达知音妙境,流水行云。只是不知这启发生死的"宿命"之水,是涓细的溪水,湍急的河水,汹涌澎湃的江水,还是汪洋无际的海水?但祈的是"人生若得如云水,铁树开花遍界春"。

一生一死,一呼一吸;来而往之,动而静之。把住生的路程,善待死的庄严;该来的究竟要来,要走的必然会走。瓜熟蒂落,秋叶飘零,江河涸竭,春去秋来,人生死

十三　"圆"与"零"说

风平浪静，帆满鸥跃

活,一个不逆的理,并不都是先前风景的看倦,跋涉长路的走厌。

"活着千年不死,死了千年不倒,倒了千年不朽"的荒漠胡杨,即使如三毛感叹其一半在尘土里安详,一半在沙风里飞扬,一半洒落荫凉,一半沐浴阳光,又即使是仰天呐喊、低头静穆、虬蟠狂舞、面目狰狞、悲壮凄凉,或又是百媚千娇、盛装妖艳、雄韵震撼、立地顶天,但毕竟还是经不住狂风吹打、漫天黄沙不舍昼夜的蹂躏,挺着的、昂着的、即便是躺下的,甚至是埋在土里的,**其实只是人的意念或是思想的发散**,有的就是随声的感叹,和面对酷阳烈日肆掠而无奈的埋怨,至多是酒后的嘶喊和后人的追念。

唐代王维对天长啸"赤日满天地,火云成山岳。草木尽焦卷,川泽皆竭涸",并"大漠孤烟直,长河落日圆",又有卢纶阵前慨叹"欲将轻骑逐,大雪满弓刀",岑参迎风狂吟"风头如刀面如割,马毛带雪汗气蒸。五花连钱旋作冰,幕中草檄砚水凝"。"将军角弓不得控,都护铁衣冷难着。瀚海阑干百丈冰,愁云惨淡万里凝。"李白亦长吁短叹"五月天山雪,无花只有寒。笛中闻折柳,春色未曾看"。李颀从军当歌行"行人刁斗风沙暗,公主琵琶幽怨多。野营万里无城郭,雨雪纷纷连大漠。胡雁哀鸣夜夜飞,胡儿眼泪双双落"。故又王翰凉州大声唤"醉卧沙场君莫笑,古来征战几人回?"被千万感慨或万千悲哀,当然更多的是被千千万万标榜和颂扬的胡杨,历尽风霜、饱经沧桑,依然挺拔,但如若原本出生在鸟语花香的江南水乡,不知是何境况?

十三 "圆"与"零"说

岁月年轮,大漠古道

"江南梦，飘渺赛神仙，桃花柳叶月更朦。才子佳人画中颜。此时亦留连。""千万恨，恨极在天涯。山月不知心里事，水风空落眼前花，摇曳碧云斜。""梳洗罢，独倚望江楼。过尽千帆皆不是，斜晖脉脉水悠悠，肠断白蘋洲。"或许早就如南宋小朝廷一样"山外青山楼外楼，西湖歌舞几时休。暖风熏得游人醉，只把杭州当汴州"。**原本挺拔高耸的胡杨也就成了西子湖畔柳浪闻莺旁的随风柳杨：柳絮飘飘、柔风妖妖、吴侬莺莺、灯声桨影、烛酒淡红，管它什么你我西东。**

不知李白"人生得意须尽欢，莫使金樽空对月""五花马，千金裘，唤儿将出换美酒，与尔同销万古愁"，李贺"玻璃钟，琥珀浓，小槽酒滴真珠红。烹龙炮凤玉脂泣，罗帏绣幕围香风。吹龙笛，击鼍鼓；皓齿歌，细腰舞。况是青春日将暮，桃花乱落如红雨。劝君终日酩酊醉，酒不到刘伶坟上土"。是否是对后世南宋朝廷贪恋温柔花香的预判，还是对人性实情的真相素描。**当然善于假象的人们是不会承认自己"儿女情长"和姑苏娘腔的，不然小鲜肉们怎么会一味地飘着浑身的粉香，并翘着纤细白嫩的兰花指，还装腔作势地油彩上深沉的戏装，装扮成酷似张飞或关公的模样。**

原本的世界，有了感知的需求，就有了世界的海洋。不论是日月星辰、江河湖泊、善恶美丑、是非对错，空静的无际，涂抹上了色泽的颜料，就弥漫起物质的味道。

静心，世界静；心静，静世界。世界非有可无，心有则有，心去则无。

生有何喜，死愁何哉？落地生及，即为死始，且是唯

十三 "圆"与"零"说

一必走的路,一切的归宿,只是过程的长短不一:百米冲刺、千米快跑、万米长跑,或是少数人考验耐力的马拉松跑,还有喜欢随大流、赶时髦的,夸张地摆着短臂、扭着粗腰、甩着肥臀、晃着巨乳的暴走一族。是故子曰:"天下何思何虑?天下同归而殊途,一致而百虑。"

形的存在,是为感知的骄傲;意的说教,似乎更搞笑。即使是八万四千法门,也因一心而起,若心相静,犹如虚空。《金刚经》也无数次地念叨:凡所有相,皆是虚妄。聚散无常,落叶安知花开日;生死有命,荣枯终归根先知。

地球本就是悬浮在宇宙中的细小微粒,只是46亿年前的因缘俱足,便由地水火风化合而成,演化成众生共住、万物俱全的家园。及至200万年前人类的出现,一切发生了改变,故意的任性激起地水火风的"愤怒",以对人类的"报复",把地球摧残折磨得不轻。佛家的四大皆空,其实就是地、水、火和风,并视火水风为"大三灾"。佛诚告诫俗人,人生就是与三灾八难抗争搏斗的过程。两千年前佛陀预言,人类一旦进入大三灾的境况,饥饿、瘟疫和战争的小三灾,就会毁灭有情世界的一切众生。尽管那个时代没到,但南太平洋岛国图瓦卢的12 000名居民,即将会面临被海水漫淹的厄运,而不得不搬离世代生息繁衍的家园。佛经中"菩萨畏因,众生畏果",或许只有到了世界的末日,众生才会想到地球的可爱!

十四　精神之光

生死的缘由,既是万物生长的积累,也是循环往复的必然,更可能就是转瞬之间的烟消云散。

当然,"人固有一死,或重于泰山或轻于鸿毛""生的伟大,死的光荣""人生自古谁无死,留取丹心照汗青""生当作人杰,死亦为鬼雄"更是一种高尚和境界。来往去留,生老病死,到底是世界的物质,还是物质的世界?但凡有丁点儿头脑且神经正常者,或多或少都会琢磨一番,试图扒拉出一丝的针头线脑,以表达自己曾经来过世上一回。

"人民,只有人民,才是创造历史的主人",此话当然不假,但英雄影响甚至改变历史的作用,也确实不应无视。至今闪烁在历史天空中的"风流人物"的智慧思想,仍然熠熠生辉,甚至光芒万丈。先哲、圣人及人类的精英们,即便是空着肚子、衣衫褴褛、艰难度日,也会为了探个究竟,而废寝忘食、勤奋钻研,以期为众生点燃生命的曙光,拨亮死亡的冥灯,更好地规范人类秩序,指引行为方向,助力劈波斩浪。

似乎东西方的先哲们,其实也可以说是人类的祖先们,因先天的本能,一直以来,从没停歇过对物质的认知、对意识的思考。在认识、理会、悟道黑格尔和笛卡尔的时候,中国人自然会缅怀起道家先师庄子,并乐道"庄周梦蝶"

的哲学命题。出自《庄子·齐物论》的"梦蝶"原文："昔者庄周梦为胡蝶，栩栩然胡蝶也，自喻适志与，不知周也。俄然觉，则蘧蘧然周也。不知周之梦为胡蝶与，胡蝶之梦为周与？周与胡蝶，则必有分矣。此之谓物化。"现代人读了甚是绕口，也深涩难解，更不及小提琴《梁祝》跳动激荡、黄梅戏《化蝶》凄婉幽怨，甚至于法国人理查德·克莱德曼用钢琴演绎的《梁山伯与祝英台》那样夸张，但以哲人的智慧之手，舒缓地翻动着人类思想世界的历史篇章。以至于无数的后人，以千奇百怪的理解和累累的章节，表达着自己对先人的尊重和感悟，当然也不乏附庸风雅以示"清高"的社会文人和"流浪艺人"。

醒的现实，物质存在；梦的虚幻，意识感念。庄周化蝶幸也，蝴蝶为庄悲也，还是蝴蝶嬗周幸也？庄周变蝶悲也？一个本就无须探讨真假的梦，愣是把人搅和得脑袋发晕，心烦意乱，以致折磨得多少人死去活来，升华成生死大念，甚至还衍生出"人生如梦"的现实逃避，对飘渺虚幻的深情向往和无限眷恋。故而"我意识我活着"，也还演变成"我活着我意识"的类似笛卡尔的"我思故我在"。中国人的"安时处顺""知天乐命"，表达的不光是中国哲学的乐观通达，反倒是促成了豁达开明甚至是"翻云覆雨"的生死观点：**生生死死，死死生生；死生死死，生死生生；死生死生，生死生死。**

嘈杂喧嚣的物质存在，在满足生命的过程中，不光是为欲望和本能的获取，即使是一切的全部满足，黄袍加身，金缕玉衣，万众山呼，顶礼膜拜，随心所欲，**及至眼睛一闭，嘴巴一张，通体发凉，瞳孔一散，一切的一切，瞬间**

天地唯我，神清韵正

成了以往。极度占有的惯性或现世曾经的不易,甚至是血雨腥风的拼杀,一切的所获所得,岂能拱手相送,或留与他人,改换门庭?故便有秦始皇的陵、吕后的碑、慈禧的墓,以及一堆堆的坟丘、一片片的十字木架。只可惜的是后人不解风情,更不知前人是为寻的哪般滋味。世事变迁,灵魂游荡,荒冢一堆,烟消云散。只道是老庄明理,几千年前就把世事看穿,乐观通达,并执着地探索真假,理性地看待天下,真诚地拥抱眼前。不像霍金那样,以科学之名,演绎着似是而非的、谁也没搞明白的"宇宙神学",并在自己行将就木之时,还不断地抛出一个个惊天动地的预言,以致人心惶惶,吵吵闹闹,只差地球反转,宇宙大乱,可笑的是人们还津津乐道、狂吼乱叫、凑着热闹。

十五　哲学游荡

当人们以哲学的名义，怀揣着生的万分喜悦，去找寻死后的精神家园时，若能与老庄相遇，应是一件幸事。尽管谁都知道死亡是生命的最终归宿，但不能脱俗的世人，以各式各样的努力，倔强地期盼永生，千秋万代，长生不老，也因此为哲学的精彩博大和魅力恢宏提供了坚实的感情基础。不管今日的道观中人，是否真正循序悟道了生死同质、万物皆一、"恬于生而静于死"的超凡脱俗、虚名旷达、洒脱倜傥，而独与天地宇宙精神畅谈的教法，但超越时空、善待得失，基于自然的生死哲学，不仅力图消解对死亡的恐惧，而且试图跨越人类生死之因，使生命在一定意义上获得不朽。

生死来往在道家先哲那里就是裸体，没有神秘，只是一股"气"也。"人之生，气之聚也；聚则为生，散则为死"，更是主张"出生入死"、道法自然，不去强求，顺其自然。不悦生、不恶死，"生死齐一"。"死生，命也；其有夜旦之常，天也。"生死转换犹如日夜交替般自然，将人类个体从现实的世俗世界的束缚中释放出来，放在自然的背景下，化解个体生命的有限，尽显宇宙大我的无穷，进而淋漓尽致地表达出"天地与我并生，万物与我为一"的豪迈。**生死是宿命，也是每个人的老家**。古希腊大哲伊壁鸠鲁名扬天下的生死之说"当我们存在时，死亡不存在；死亡存在时,我们就不存在了",似乎就是东西方大师之间的隔空把欢。

中国古代辩证思维的逻辑毫不逊色于西方的辩证法,尤其在对待生死这个宇宙万物的命题上,更是独领风骚,光辉灿烂,把对立统一法则运用得活灵活现、恰到好处。"人生天地之间,若白驹之过隙,忽然而已""死生为昼夜""生之来不能却,其去不能止",并不因此以二元态度对待生死,而是努力去探究生死之间的共同性,自然就有了"方生方死,方死方生"事物发展的普遍规律,把生死的互为转换视为同步的过程:生之起始,即趋死;死之终止,生因源。生是死的连续,死是生的开端,生死之间并非是绝对的不一,如若明晰生的理、死的论,生死置之度外,思想的境界超越死亡的羁绊,这种超脱和潇洒也就构建了一种至真至纯的大美境界,也就脱开了对长生的幻想、对鬼神的崇拜,解放了思想,舒缓了心灵,从而拥有了自由浪漫、五彩缤纷的艳阳天。尤其在物欲横流、尔虞我诈、勾心斗角、狂躁暴虐的时代,**或许为人类的心灵净化,飘过一股清泉溪水的味道。**

如若修至"心斋"和"坐忘"的统一,从而达到"与道合一",定当是心灵解脱的精神解放,就会既不为外在自然社会,又忘却肉体本能,进而及至"物我两忘",真正感受无往不通、无处不顺、来去无滞、自由自在的人格境界,从而借助"道"的力量,"无古今""不生死"、解除生死之困,达到死而不亡、不死不生,实现生命永恒。

当然赋予了美学意境的"善死"和"乐死",并不是把人引向宿命论的歧途,而是努力把对生死的认识,从恐慌、

惧怕和阴森、幽灵和晦气中"解放"出来,道家人在倡导"齐物论"的同时,更主张"等生死"。**生勿喜,死勿悲**。生的过程其实是"苦身疾作""夜以继日,思虑善否""终身役役而不见其功,茶然疲役而不知其所归",相比而言,"死"就成了解脱,"其生若浮,其死若休""夫大块载我以形,劳我以生,佚我以老,息我以死。姑善我生者,乃所以善吾死也"。**生者不休,死而后已**。比之"庄周梦蝶",其"梦遇骷髅"或许更来得幽默和深刻。"死,无君于上,无臣于下,亦无四时之事;从然以天地为春秋,虽南面王乐,不能过也。"没有了君臣,没有了秋冬冷暖,也没有了世态炎凉。"死"成了一个极乐,至此人们也就对庄子妻死"鼓盆而歌"有了理解的认同。

十六　ICU 纪相

当今天的人们目睹着 ICU 重症患者的绝命哀号,甚至是已无知觉的死亡等待,亲人们的限时探望,特别是用金钱换来的、聊以表达感情的、各种有用无用的、花花绿绿的药物,还有全身插满了用来输入各种液体的昂贵的优质材料管道,**假如老庄能见,必是会怒目圆睁,大呼不道,斥责今人白活了这么多年!** 所做的一切不光是对物质的肆意糟蹋,也是对生命的蹂躏暴虐。当受尽病痛折磨已不成人样的患者,试图为了生命的一丝尊严而期望安乐死时,绝大多数是得到"严辞"拒绝和"集体"抗拒,**能得到精神抚慰和充分亲情的反倒是那些仍然生活在贫瘠的山野、远离物质文明的乡土平民。**

不管是 ICU、MICU、OICU 还是 EICU、CCU、NICU,一个共同的场景就是更"恐怖"于医院普通病房的"瘆白":不分男女、不论老少、不视容貌,更没人顾及你的地位,也不会因你钱的多少,只因治疗的需要,横七竖八、四仰八叉、裸露上下,**什么仪表、风度、气质,乃至尊严、荣誉,一切的一切,归置一张病床的界限。** 清醒着的,大眼瞪着小眼,流露的是对医者的乞求和对生命的留恋;昏迷的,则了无声息,听天由命,任由摆布;知觉疼痛者,则张牙舞爪、拳打脚踢,甚至是歇斯底里,死命喊叫;更为悲戚的是胆小者,则无病生病、轻病重病,能治不治,

不死也死。况且大数据统计出的,进出 ICU45％的存活率,**早就把有点医学常识的文化人,吓了个半死**。尽管有专家一脸严肃地权威发布:病人之死"三分之一是病死的,三分之一是治死的,三分之一是吓死的",事实上不算作秀,但也不算太离谱。

钱花光了,人也走了,感情表达到了,但走的人在生命的最后一程中,虽然感受到了亲情,但也遭尽了"洋罪"。一些绝症患者,因各种先进技术和药物的"狂轰滥炸",再如一个疗程又一个疗程的化疗、介入甚至是没完没了的反复手术、"开膛破肚"、颅脑大开、心肺修补,甚至还有器官的移植,不仅生理上极度痛苦,心里也遭受着无比煎熬,即使有再强大的心理承受力,在现代高科技的"蹂躏"之下,也一个个被折磨得龇牙咧嘴、欲死不能、想活不成。最终以骨瘦如柴、面黄肌瘦、痛苦不堪,甚至是让人、包括亲人们都目不忍睹的"惨状"离开了世界。也不乏心理"脆弱"者,以一种歇斯底里的人性暴露,呈现出"五花八门"的"稀奇古怪",并成了最后的生命定格。

尽管谁都知道是不治之症,根本没有治愈的可能,也就是靠最先进的药物激发其人之自然的最大潜在本能,维持着心跳脑动,尽可能地不让监视仪的曲线拉直,特别是救死扶伤的"白大褂"们,更是心知肚明,但谁都不说。不光是大多数的人怕死、不说死、回避死、不愿面对死,更主要的还是,病人的家人和家人的家人,或者是说所有的,有点关系的人,**都在关注病人的存在,至于存在的内容和这个人的意愿、痛苦、尊严,没有人去理会**。似乎这个曾经最亲密的、伴随了一生,甚至是给予了生命的人的喉头蠕动、眼球转动、泪水流动,是那样的陌生和不解,最后的一丝生命呼唤和人生的尊严,竟是在亲人的"亲情"之中。

更为凄切的是对待人死后的各种仪式,那就更是五花八门,各不相同。当然爱斯基摩人的冰葬、印度亚姆纳的水葬、马来西亚的树葬,包括西藏的天葬、风葬和塔葬,还算是简朴不甚隆重和烦琐,只是中国人几千年来的殡葬礼仪,就足以把人折腾得头昏眼花、天旋地转。从挺尸、报丧、招魂、送魂、做"七"、吊唁、入殓,再到丧服、出丧、哭丧、下葬,一套历经几千年、无数代人不断完善丰富了的"送死"大典,一点也不比"活人"的生活简单。一些人类的族群,甚至把生的意图视为死的心愿。笃信今生今世的活,就是为了来生来世的死。活的动力和鞠躬尽瘁的努力,就是为了一个美丽死亡的光环。

文明的愚昧,愚昧的文明,有时真比愚昧的愚昧,来得更为愚昧。可怕的是身处愚昧而不知愚昧,还欢欣鼓舞地发扬光大着愚昧,并以愚昧为荣,更为可悲的是群体的愚昧,齐心协力地一起愚昧。

死亡之事,自古至今,上至君王权贵,下到贩夫走卒,即使是学富五车、才高八斗,抑或是家财万贯、富可敌国,**谁都难免一死,最终都是黄土一堆,坟头一个,骨灰一盒,甚至是连一个坑都没有。人皆有死,自是定律。**死之情形不外寿尽而死、福尽而亡、意外死亡和自然离世,这也和《瑜伽师地论》的寿尽死、福尽死、横死是一个"味道"。仅中国大约就有 2 亿 60 岁以上的老人,且以每年 700 万以上的速度净增,北京、上海和广州更是到了"深度老龄化"

的阶段。老年性疾病所带来的就是死亡的必然。现实中人们不管情愿还是不愿，所采取和应对的不外就是不惜代价全力救治。不管病情怎样的不逆，也不管病人因救治是何等的痛苦，大都会不遗余力"尽心尽力"，最终是毫无尊严地"两眼一闭"。1999 年 2 月巴金病重住院，当医院要对其做喉部手术时，他对医生说："不要用药了，让我安乐死吧。"之后因其女儿小林不按他的要求，他还发脾气说不尊重他、不把他当人看，自己活着就是"累赘""是一个废物"。巴金哀叹"长寿对我是一种惩罚"。**也有人形容在重症监护室里的每一次心跳、每一次呼吸，都可能就是生命的终点，也伴随着"倾家荡产"。**有人统计一个人一生的医疗费用 40% 是用在临死前的最后一个月，真还不是虚报，其实是只多不少。**不惜代价、倾其所有的最后一搏，更多的竟成了花钱买罪受。**看看 ICU 重症监护室里生命垂危的病患，身上插满横七竖八的各种管子，向体内灌输着各种价钱不菲的液体，再看看病人痛苦难耐的模样，何谈形象，更无尊严，有的只是亲人们"无限亲情"之后的"万般愁容"。全力以赴不遗余力的极力抢救，是医者为自己荣誉的拼搏、医术水平的体现，当然也是患者家人们不计后果的"亲情表达"，故什么仪器都上、什么药物都用，有人说有时候看到使用的救治手段，比恐怖分子还"歹毒"，甚至是有过之而无不及。

罗瑞卿的女儿罗点点在 2006 年就和观点一致者建了"选择和尊严网站"，还搞了个"不插管俱乐部"，提倡"尊严死"，传统的北京人也在 2013 年成立了个生前预嘱推广协会。台湾岛上的琼瑶在表达自己要"尊严死"的公开信中，嘱咐儿子、儿媳不论自己得了什么重病，都不动大手术、不送病房、绝不插鼻胃管、不需要急救措施，只要没痛苦地死去。并说："你们无论多么不舍，不论面对什么压力，都不能勉强留住我的躯壳，让我变成求生不得、求死不能的卧床老人！""气切、点击、叶克膜……这些，全部不要！帮助我没有痛苦地死去，比千方百计让我痛苦地活着，意义重大！"还说："人生最无奈的事，是不能选择生，也不能选择死！"让失能老人"尊严死"，而不是全身插满管子承受生命最后的痛苦。人类社会对"尊严死"有共同的认知，在美国有近40个州还以立法的形式支持自然死亡，英国人在1967年就成立了世界上第一个临终关怀机构，世界各地现在有近百个国家和地区成立了相应的机构。让生命释放最大的能量是现代科技，也是人类一直的努力，甚至可以说人类社会文明的最终体现是让自己好好地活着。北京医院的名誉院长、中国著名的外科专家吴蔚然临终前恳请医院尊重自然规律，不用插管、透析、起搏器等创伤性治疗延续生命，最后在家人的陪伴下平静地走完了一生。"我死我做主"的"尊严死"，本质的目的是将无痛、无惧、无憾作为"死"的尊严，把"生死两憾"变成"生死两安"。人生最无奈的莫过于既不能选择生，又不能决定死。善终既是追求，也应是权利。如果说生命是一艘航船，每个人都应是这艘航船的掌舵人。让生命之舟平安靠港不应是一种妄想和奢望。**但时至今日，要处理好"尽量活"和"尊严死"的生死大题，真还有待时日。**

十七 死亡惆怅

儒家虽可杀身成仁、为仁而死,但孔子更多的是忌惮于死,甚至是厌恶死。"颜渊死,子哭之恸"表达了孔子对死亡的悲悯之情。但在对待生死的抉择时,倘若一定要在生死仁人之间选择,孔子有"志士仁人,无求生以害仁,有杀身以成仁"。也就是如果仁与生发生了对撞冲突,死则成了义不容辞。孔孟一道,一脉相承。有孟氏之"生,亦我所欲也;义,亦我所欲也。二者不可得兼,舍生而取义者也",虽不否认好生恶死的人之通性,但更看重义大于生的思想态度,并说"知命者,不立乎岩墙之下"。比较而言,孟子的生死观就更加高亢和奋进,甚至是一种对仁义至上的信仰尊重。相对于儒家的厚葬,道、墨两家并不苟同,不管是庄子"吾以天地为棺椁,以日月为连璧,星辰为珠玑,万物为送赍。吾葬具岂不备邪?何以加此?"还是"在上为乌鸢食,在下为蝼蚁食,夺彼与此,何其偏也?"在庄子眼里死后就是鸟兽的果腹食物,葬与不葬毫无区别,更坚拒糟蹋天物、劳民伤财的金葬、银葬和豪华厚葬。墨家所主张的鬼神、薄葬和道家的不谋而合。既试图以"明鬼"规范人生的行为,又称"其生也勤,其死也薄"并"衣食者,人之生利也,然且犹尚有节;葬埋者,人之死利也,夫何独无节于此乎?"对儒家厚葬重葬不屑,甚至是

十七 死亡惆怅

蔑视。

"不得好死"是一句恶咒,真还比"不得好活"使人发怵。生前呼风唤雨、叱咤风云,建功立业、威震江湖,但死得凄惨却是泣鬼沥神。秦因商鞅变法而成就大秦,商鞅却落了个五马分尸,同样的秦人李斯辅佐秦王横扫天下,被鲁迅评为"文章秦之第一",却因赵高陷害腰斩咸阳,而又是李斯"一山不容二虎",**容得下大秦万里江山,就是装不下一文弱书生**,赐予一代法家韩非子毒酒一杯,"飞鸟尽,良弓藏;狡兔死,走狗烹"。胯下之辱、背水一战的韩信,也无奈地被斩死在小女子吕后的刀下,岳飞"精忠报国",被奸相秦桧诬陷惨死风波亭中。

长江大河奔流不息,万物生灵繁衍继续。有时活着的并非为了活着,只是为了满足周遭太多的需要。一个自然的、生物本能的、又之于思想情感牵扯搅和的"链条"、平衡,即使是已经实在不想活着,也必须甚至是无可奈何地继续活着。背负得实在太多,牵扯得实在太累,多得连自己都不知道什么是东西南北、地老天荒,甚至根本就不在血脉基因的生物相传,七大姑八大姨之外的七大姑八大姨,都在一个个相互纠缠的平衡圆上。一个精子和卵子的不经意地、故意地、一心一意地、专心致志地,甚至是灰心丧气、惊涛骇浪地激情相撞,孕育出的不管是蚂蚁、苍蝇、猩猩、老鼠、豆虫、蜈蚣,还是白人、黑人、黄人和今人、古人、原始人,都在以各式各样、千姿百态,以至于稀奇古怪的生命样式,用时间的标尺计算着自己活着,还真的活着。**但大多数是为别人活着,顾视和在意着琳琅满目的眼珠子,积极而努力地活着**。

无奈的"犬伏"并不代表狗事已了!

十七　死亡惆怅

想死是不行的。空气中的氧分子需要被呼吸、绫罗绸缎得有人消受、金银珠宝还真是配饰,更多的是千万双的眼睛观瞻着你的一举一动。幸福的、愉悦的、欢快绽放的花儿,大多是使人赏心悦目,多数人也赏心悦目;枯萎的凋落还就能换来一片鼓乐齐鸣、雷霆掌声。亲者痛,仇者快。**动物的世界其实就是如此,**人尽管自己标榜自己的"高级",其实也与猪狗牛羊没有两样。如非洲大草原上疾奔如飞、势不可挡,看似威猛强壮的角马,目睹着同类被狮子、鳄鱼扑杀、绞食时的麻木、无视和与己无关,继续啃草、咀嚼、嬉闹甚至还不失时机地抓紧繁衍后代。**自然的法则其实就是物质与精神、存在与意识的赤裸拥抱,并没有像先哲贤圣探究和描绘得那么深奥和高尚。**

死是必然,生却有着偶然性。天变地换,斗转星移。**每个生命都可演绎成一场跌宕起伏、丰富多彩的悲喜大戏。**即使是再玄妙的天算,宇宙中也似乎不可能有什么"神"做出对生死的预算。导演的故事只是故事,舞台戏剧也只能是戏剧。当鼓点响起、锣声敲起,生旦净末丑依照编排的需要,一齐或先后踩着音律上场。悲喜交加,时而高亢激昂,转而低头吟唱,但结局是早已编成的定式。**舞台剧是别人的戏,人生事却是自己的事。**起始的甜蜜,根本不能预示未来的光明;惨淡的"下场",或许就是曾经的辉煌。一场游戏一场梦,人生游戏梦幻人生。赤橙黄绿青蓝紫,皂白花素黑空深,只是转瞬弹指间。**一时的绚丽多彩、激情四射,却为之后的暗淡笼罩上了漆黑的阴霾;悲惨凄凉的晚景,原来都是早先的努力拼搏的痴心狂想。**曾经拼尽全力、千方百计、绞尽脑汁要"霸占"舞台中央,并撕

心裂肺，直冲霄汉地大唱，到头来原来是大梦一场，并以悲剧收场。喜剧虽好，能让人心情愉悦，开心欢畅，但痛心疾首的"悲剧"，许许多多的"正常人"，却又是那样的"欢欣鼓舞"。

十八 生命期望

喝彩的唱衰，鼓掌的翻脸。生旦净末丑，一下全都变。你方唱罢我登场，生死大戏还在唱。当脐带剪断，脱离母体，迷瞪双眼，一个光鲜的世界，一段不由自主的旅程，从而也开启了迈向死亡的生命征程。眼要大、肤要白、手要长、腰要细，脑袋当然要聪明，尤其是计划繁殖的人为生育，更是在一个平常的生命里，从精子形成到卵子的培育，自开始就凝结了无数情感的集中。绝对不能输在起跑线上：乳臭未干、睡眼蒙眬、晨曦微泛、男女老少、急急匆匆、连拖带拽，清早的幼稚园、小学极少能听到悦耳的欢笑，都是为了一个共同的目标，把一个个小的苗苗加肥加料，希冀培植成参天大树。即使是花再多的钱、费再大的劲，也毫不犹豫、绝不含糊，虽然嘴上不断鼓励要成为科学家、政治家、军事家、艺术家，甚至将来还能成为一个领袖，但其实谁的心里都是没底，并也知道一切的鼓励、努力，大多都是一种希望、愿望和痴望。故而毫无见识的懵懂时光，其实就是在这样"前呼后拥""众星捧月"下，以"大人们"的希望和想象，按"成年人"的标准和方向，而确实超出他们心智的接受程度，愁眉苦脸、又哭又喊，极尽所能地以维护"家长们"的"荣誉"和"尊严"，但大多数的是时常不得不在让"家长们"失望的情绪激荡中孩子们错过自己本该天真愉快的童年。补习班、特长班，

数不胜数的班,为了一个理想中的好儿郎,爷爷奶奶、姥姥姥爷、姑婶姨娘,更不用说自己的亲爹亲娘,不遗余力、"全副武装",只要用得上,赤膊上阵,责无旁贷,把心思用尽、把积蓄掏空、把人情求完,也毫不在乎,四个、五个、六个、八个,甚至更多的更多,一群人,确切地说是一群大人,以满腔的热忱、急切的眼光、高亢的激情,围着一个孩子,一个不谙世事、尚处在心智都不健全的年龄段的孩子,叽叽喳喳、热热闹闹。**生命的小船就如此这般地晃悠着起帆。**能成为科学家的毕竟是少数,当艺术家好像也不容易,军事家、政治家更是不好当,不仅需要学历、能力和努力,还需要天时、地利与人和。**在人类历史的长河中,似乎绝大多数人都是一般的普通,况且也正是这些平凡的普通,成就了繁衍不息的生命链条。**能成为英雄豪杰的又有几人?也许"大人们"的努力权作是一种生活的转变、一种精力的释放、一种自己不曾实现的期盼,或者是对生命延续的一种继续,也肯定有自己无聊、无助、无能的一种责任推脱、转嫁和发泄。文盲的爹,一定要个博士的仔,庄户的汉,发誓有个做官的儿,但在芸芸众生中实现了的又有几人?人生有限,生命短暂。一株幼苗能够承受的风雨实在有限,那么多的人、那么多的事、那么多的"祝愿",根本就无法承受。**生命苦旅,一筹莫展;肩扛背驮,步履维艰。**书中自有黄金屋,书中自有颜如玉,似乎是千古不变的真理。独木桥上的故事还在继续,即使是赴汤蹈火,为自己、为他人或者是为生命,也可能根本就什么也不为,但一切的一切还得继续,并且是倾尽全力、不遗余力。**尽管是谁都看得见,其实也都明白,一颗稚嫩**

十八　生命期望

孩子的心累，大人的原罪

的心灵、一副柔软的肩膀，背负的何止是数十斤的书本，更难承托的是那看似无形的"愿望"和"期盼"。

　　心比身累，心逼身累；累是在身，累实在心。

　　生命的长短，万物的多样，世界的五彩缤纷是再正常不过的客观存在。但就是人类，在社会化的"礼教"驯化之下，从母乳开始就外加了诸多规定统一的"营养"，以至加入了集体的团队，入园的规则、上学的规定、考试的要求，即使是吃饭、上课、排队，都有严格的纪律约定。**犯规是不行的，违纪更是不准，当然犯法要坐牢，甚至是要命的。自然的社会与社会的自然是截然不同的概念。**自然分支的动物世界，也因之于自然的天然属性和社会性质的凝练升腾，变得异彩纷呈、千姿百态。至于物质与精神、存在与意识的争论不休，甚至是相互的对撞，更是搅和得人类世界不得安宁，而最终或者是说最直接和"坦诚"的表现方式就是刀枪棍棒和飞机大炮。而那些没有思想的动物畜牲，反倒是坚持着最为原始的生存法则，也就是达尔文"物竞天择，适者生存"，显得更公平和"文明"许多。**人为的法则如若脱离自然的夙愿，一切的"道德"秩序都是不对，甚至是"霸道"。**动物的弱肉强食，在社会人的世界里再自然不过。而人类对低等动物的暴虐、残酷，甚至是司空见惯的屠杀，又是多么的不值一提。无数无数的、数也数不清的动物，当然更包括无数无数的植物，为"道貌岸然""天经地义""替天行道""正义凛然"的人们提供着无穷无尽的资源，人类对它们的攫取豪夺是那么的"理直气壮""心安理得"，又是那样的"理所当然"和"顺应天意"。人类为了自己的美好愿景：幸福安康、生活

十八 生命期望

美满、健康长寿……**便连跑带颠地使尽浑身解数,千方百计地向自然"进军"、对自然"开炮",只要能拿到的必须拿到,只要有办法拿到的一定想办法拿到,就是拿不到的,也要绞尽脑汁、处心积虑地拿到。**

自然世界里的低等的、无知的自然事物,漠然和无奈地任由人类的蹂躏和践踏,这或如人类"天赋神权"的自然法则使然,而全体人类皆都坦然。**但人类对待人类自己同类的态度又怎样呢?** 这倒真成了一个让人类自己都头疼得天昏地暗的"大事",弄不好还就能出现人吃人、人咬人、人杀人,再弄不好,还就真能出现人灭人、人最终消灭人,和人类灭绝动物一样,是那样的痛下狠手、毫不留情、处之泰然。

时而看似曼妙的人生载舞,自始弹奏着不和谐的乐章;偶尔激昂的吟歌高唱,其实只是悲怆凄凉的释放。宇宙的浩渺无际,根本拢不住人心的开放。人心无穷大,大到蛇吞象;宇宙无限小,小到看不见。人类文明的猎猎大旗,在血雨腥风中飘扬了三百多万年,世事更替,沧海桑田,一个人的存在至多百余年。一代代的繁衍,一辈辈的继续,但又都在上演不同的故事。太阳的光芒仍在照射,地球的转动还不会停歇,月亮的圆缺风雨无阻,人的愿望无限扩大。现实的人们尽管津津乐道霍金的地球毁灭论,但其实谁也不会真正想到末日来临。人们在谈笑霍金理论的高深和玄妙,甚至是无比敬仰其科学预告的同时,大多是觉得其"杞人忧天"的滑稽和"危言耸听"的搞笑。马克思的功劳或许就在于其探索人类社会发展的"普遍规律",并随着地球的旋转,愈加显得伟大。而达尔文的学说,不知哪

一天突然出现一个特别的发现,弄出一个"海豚"才是人的祖先的进化。后来的人们不知如何看待今天的人类,或许真就不断地埋怨,**到底是人"耍"了猴,还是猴"耍"了人**。某年某月的一个偶然,真就能彻底颠覆几百年,甚至是数千年来人们对"真理"的绝对判断。

生死轮回,生命继续。不管是甲骨文的锥刻、简竹签的刺镌、青铜器的铭铸,象形图谱的标记、油墨木模的书卷,还是玄乎神道的口口相传,都能辨出故时的刀痕,闻到陈年的酒香。

十九　是否？知之？

科学的神学，有时真辩不过"神"的科学。5%的已感知世界，不知如何面对95%的未知。想要探知的暗物质、暗能量，即使是不断地呼唤和发动时髦的量子力学、量子纠缠，也是那么的被"神"的高傲反复地调侃和嬉笑。牛顿、爱因斯坦当然也包括霍金先生，尽管是那么科学，最终也不得不套上"神"的皇冠，更何况普通的芸芸众生！浩渺宇宙的无边无际，怎么就只有人类一个大写的"自己"？**尽管地球人试图利用科幻作品把"人"之外的同类，塑造得不成人样：矮小、秃头、浑身皱褶、喉声怪异。**但人类肆意创造、恶搞式的娱乐，非但没有损坏他们的形象，反倒激起对"同类"更大的疑问和好奇，甚至暴露出对未知世界的恐慌、惧怕和无奈！

风起云涌，峰里峦外。万物存亡并不因知与不知，来与不来，看与不看。不知痛痒的万木葱茏，屹立不倒并继续枝叶繁茂着几百年、上千年，甚至是数万年，坚硬如钢的陡峭山崖却抵不住日月风尘的侵蚀，化为一望无际的漫天黄沙，刀斧神功的杰作，其实就是岁月浪漫的神话。万物生灵的来往去留，生死转化，都是自然世界和大地苍天的对话。长短厚薄，红橙黄绿，并不都是后知后觉的"杜撰"，恐龙的消失并不一定是宇宙间的概念，量子的存在也不过是现在的发现。"毛粒子"之所以伟大，是因为它揭示

羌酒一壶,粉黛烟烬

了世界无穷无尽的变化。**冬去春来，枯衰兴荣，生死冷暖自迭变；云卷云舒，腾云驾雾，看不清你我东西。**今日的崇山峻岭，远古的江河湖泊，喜马拉雅峰顶的牡蛎贝壳，俯视着雅鲁藏布大峡谷湍流的漩涡。沧海桑田，世事变迁，自然法则的必然。**只是因了社会的人为，踢踏得有了轻重缓急、上下左右、贫富贵贱。曾经的花团锦簇、艳阳蓝天，转瞬战火硝烟，并化为灰烬一片。**

楼兰古城的漫天黄沙、黑色风暴，卷起的肯定有曾经的王公贵族的欢笑，公子小姐的打闹，并裹挟着无数儿女情长幽怨和卿卿我我的不了。**智慧的哲人，一壶羌酒，醉卧沙丘，静夜的宿风，冥寂中飘过人声鼎沸、熙熙攘攘的都市喧闹，也肯定有战马嘶鸣、万马奔腾，并和着魂的喊叫和灵的喧嚣。鲜活的无数，粉黛千万，倜傥风流，都飘成烟烬。**至此后的黄沙，淹没了古道，枯藤不见，老树早无，瘦马已死，昏鸦无踪，断肠的人儿飘离了天涯。了无生趣的戈壁荒原，只留下风沙和狂暴，一丝生的气息都难寻到，落日的残阳，渗出血腥的味道。死寂的荒原，有的只是风的怒号、沙的咆哮和走石的吼叫。天际处的积云，预示更大的风暴，那年那月那日的五彩祥云，似乎在遥远遥远遥远处嘲笑。

二十　娱乐文化

被徐悲鸿称为"500年来一大千"的"花花公子"张大千,一生自诩"十爱",即"爱美食、爱美酒、爱美女、爱美髯、爱名花、爱奇石、爱怪木、爱古董、爱俊鸟、爱园林"。而观其一生真正评判他的并不是其动辄拍卖亿元甚至以数亿元计的水墨泼彩,而是其一生特立自我对其"羽毛"的"圣爱",并对所谓"真理"的不屑。乱世之中,纵情恣意,唯天地大我,以自然的活法,逍遥在意识的法界之外,并挂以艺术的"拐杖",挥洒五颜六色的华彩,苍穹为盖,大地为席,海洋浮舟,置身事外,如其自爱的须髯,随风飘逸。当毕加索以超规格的礼仪,拥抱并与其牵手,徜徉在阳光海岸,迎着万顷碧波的徐徐来风,东西方两位艺术大师,是那样的自然和谐,精神抖擞,没有丝毫的意识形态,是多么地令无数置身人事的艺术家们羡慕和感叹!自大陆到台湾也只是待了二十来天,艺术家的嗅觉,有时就是超出直觉的感官。南美洲巴西的桔黄色舞裙,在原始森林环抱的玲珑庄园,给予一位东方艺术家的是自由的狂放,精神的浪荡,人性的自然和对人类美的充分释放。及至晚年不仅是身体生理机能的疲惫和衰退,而且有精神心灵的慰藉的归盼,不管是阿根廷的"球"、巴西的"裙"、还是美国的"人",都无法抵挡一种相思、万般乡愁。位于台湾台北的"摩耶精舍"并不只是收藏了其毕生的珍品和最后的巨卷《庐山图》，更不是凡身肉体和六十三年胡须的归葬，应当是借题拥抱佛祖释迦牟尼之母摩耶夫人的三千大千世界，表达自己曾经世界的丰富多彩和对往生的无限感慨。其诗作"海角天涯鬓已霜，挥毫蘸泪写沧桑。五洲行遍犹寻胜，万里归迟总恋乡"，及信中感叹的"世乱如此，会晤无期，奈何奈何"，就是一生的死命心结。

当贝克汉姆微笑并骄傲地扯起T恤，向人们展示纹在自己左侧肋腹上的中文"生死有命，富贵在天"时，不知道全世界的贝氏球迷是怎样看待这个"人"，理解这句话的。这个"舞"出了一轮"圆月弯刀"的万人迷，能一脚"踢"了几个亿，不光是天赋奇才，也或许是上天的恩宠，命运的自然和其右侧肋腹之上中文汉字"风土水火"给予的力量。"球迷"当然不解：一个外国人、一个踢球的外国人、一个年纪不大的踢球的外国人，一个万里之外、生活在"老牌资本主义"社会、没有受过丁点中国传统文化教育的外国人，怎么就对出自《论语·颜渊》的这句"生死有命，富贵在天"是那么的痴爱，以至于他为了表达对"贝嫂"维多利亚·贝克汉姆的爱，而将其画像纹在左手臂并补纹"forever by your side"（永远在你身边，把一点一滴的爱都记在身上）一样，舍得用那么多的汉字占据自己的宝贵身子，绝不只是对东方文化的好奇和体现天之骄子的霸气，更深刻的是对人生的感悟和对生死的坦诚。当然重量级拳王"野兽"迈克·泰森，不光是两次咬了霍利菲尔德的耳朵、刘易斯的大腿，人家经过牢狱之灾，还皈依了伊斯兰教，成了穆斯林，并以极其虔诚之心，严肃地将中华人民共和国开国领袖毛泽东的头像，恭恭敬敬地纹在自

己右臂的最上方，其原因肯定与贝克汉姆不同，但对精神的力量和文化的尊重应该相同。只是不知道梅西、C罗、内马尔和新鲜出炉的法国小子姆巴贝有无此意。**但人类世界对普遍文化的认同和对生死客观的理解，都会如同终归大海的千江万河，不会因人为的改道和强迫的霸道，而逆流背道。**

二十一　有形故意

人生无外酸甜苦辣，喜怒哀乐。悲欢离合滚滚红尘，风雨坎坷弹奏人生。一动一静，一来一往，一上一下，多少的是是非非，得得失失，生生死死，都不以物质的意识，或意识的物质，而有丝毫的改变和转弯。**有形的故意，和故意的有形**，看似能在一时、一地、一片，闪烁出天空的光亮，但阴晴圆缺、迂回曲折，是自然的永恒和永恒的自然，绝不会因存在的故意和故意的存在而天地互换、江河倒流。生死的探究，耗尽了无数思想者的精神，折磨得死去活来，但转而的一晃，生死的概念是何等的局限，存在的江河湖泊是那样的气势磅礴，更何况意识的海洋汹涌，生死的帆板又是那样的风雨飘摇，甚至不及沧海一粟。

仰望浩渺无际宇宙，从容地酿就一壶老酒，恬淡怡然地品一盅新茶。岁月春忧，酒浇秋愁。风飘又飘，雨潇又潇。红樱桃，绿芭蕉；青春少，韶华妖。江阔湖面云岚低、断雁西风何人泣？春风红泥秋霜挂，新生未老弦更调。世事更迭，熙来攘往，东西南北风；天地互换，日升月落，上下左右动。

勤奋工作了30多年的哈勃望远镜，为人类探测并描绘了一幅拥有15 000个星系、5 000亿颗恒星、750万万亿个外星的已知太空世界，且其中大量的星系已进化了11亿多年，从而让普通人和少数的科学家们一同来感知和观瞻恒

星的成长、演变、成熟的进程,进而理解宇宙世界与现实生命的生死关联和永恒变化。一个基本的设想:当"哈勃"升级成"合力"时,探测的能力提高10倍、100倍,甚至是500倍、1000倍时,**现在我们未知的一切或视为神秘的一切,或许就会一览无遗、赤身裸体地映入我们的眼帘。基督的上帝、达尔文的猴子、霍金的"外星人"转瞬消湮,了无踪影**。不论是人的神,还是神的人,都不再是意识和存在的争论的主体,至于世界的来龙去脉,鸡蛋的先后顺序,人类的男女老少,甚至是物质的所谓不灭、精神永远的不朽,更或是平常人类绞尽脑汁希冀的万寿无疆、长生不老,再甚是当下现实世界的一切,俱掀起波涛,全面彻底地颠覆。

曾经的暗物质的输送通道是否可逆,真如"复活节"的祷告,地球则真的成了人类的世界,低等的动物肯定是没了立足之地,**一个只有人的世界会是怎样?是人的世界?还是世界的人?是一颗肉球?还是球肉一颗?**更先进"文明"的生命,倘若遇今日地球人之"文明",文明的文明是否擦出"爱"的火花,地球人一直折腾不休的物竞天择,是否也是适应大宇宙的法则,今日之地球就不免成了宇宙人的新能源和肉食的供应基地?霍金的"警告"也许还真的得到应验。

天地庄周马,江湖范蠡船。《马蹄》声脆,庄周心醉,天地之大任由我之思想,策马驰骋,自由纵横;卧薪尝胆,越王勾践,江湖之美陶朱公携西施泛舟太湖,远离红尘,逍遥自在,归隐林泉。丹青不知老将至,富贵于我如浮云。竹杖芒鞋轻胜马,谁怕?一蓑烟雨任平生。忽然间的顿悟,

二十一 有形故意

并不是一时兴起或热血的冲动,反倒是历经风雨的磨难,几多世事沧桑,甚至是生命旅途中瞬间凸起的心灵煎熬后的沉淀。芸芸众生齐步向前,实践着天性自然和无法抗拒的社会旅程,多数的生命靠着本能的自觉,一路低吟或许是颂唱,抑或是悲戚和哭丧,守护着生命的模样。**追逐信仰的人们,以精神的力量,克服着无数常人无法克服和面对的现象,精神的能量,激发出核的裂变,即使是凌迟三千六百五十六刀,锤子砸烂的骨骼里喷出的仍是滚烫的血髓,挺立不倒的骷髅仍然会发出惊天地、泣鬼神的大笑。**笃信执着的过程,是生命艰难困苦,是历经磨难、百折不挠,更多的是死命挣扎的代价。

　　人类进步的结果,几乎无一例外地是被"生死"的引擎牵引。最基本的是为了活着,为了好好地活着,为了更好地活着,即从原始的最粗糙的基因开始,就拼尽全力想方设法地努力活着。死很简单,活就"遭罪"。努力活着的前进方向,最终就是死的天堂。自私的天性和自然的法则,律动并天然地制定大千世界的游戏规则。**不是你死我活,就是我死你活。**猛一回头,人类最先进的技术、最超前的理念、最优质的材料,当然最优秀的人才,甚至是最科学的所谓法律制度,几乎无一例外的是运用于"生"和"死"的关系。冷兵器的笨重需要强壮的体魄,便窥视邻居家的牛羊,对方的强烈反抗,便逼出了可以燃爆的火药。规模的扩大,欲望的膨胀,积聚成排山倒海的能量。当核的蘑菇云升起,日本广岛长崎在感受了现代文明的沐浴之后,整个人类世界陷入一片漆黑的寂静。惊恐万状的地球生物似乎有了大祸临头的预感,便开始绞尽脑汁地想象地球之

天地苍茫,激情浩荡

二十一 有形故意

外的世界，企图宇宙空间的给予。努力的探索、极度的思考和不舍昼夜的仰望，便演绎出无穷无尽的类似于"嫦娥奔月"的故事。当美国人以自己骄傲的科技率先登上月球，并踏出一只脚时，并没有得到嫦娥的拥抱和听到玉兔的嬉闹，迎面而来的死寂荒芜，倒是让满怀野心的人们打了一个寒战，惊出一身冷汗。故事还在演绎，真真假假，真假难辨，不管是已在外太空飞行了几十年的旅行者一号发回的图片，还是宇宙飞船最新的发现，或者是地球上某些人的目睹，或是天眼的发现，努力探索之后的结果以各自不同的极点吸引着地球人的眼球，勾引着贪婪欲望的销魂。

《中庸》开篇有："天命之谓性。"亚圣孟子亦有"人之所以异于禽兽者几希"的言辞；道家之老庄则把宇宙的根视为道，谓"道"为超越时空的存在，是宇宙的根本；众佛则穷其所能领会诸法实相，寻探万法关联。不知藏佛的仓央嘉措之八苦"生苦、老苦、病苦、死苦、爱别离苦、怨别会苦、求不得苦、五阴炽盛苦"和"世间事，除了生死，哪一桩不是闲事"同诸位先圣大贤有什么瓜葛纠缠。**努力探究奇数的学问，抑或偶数的哲学，再或是人的生殖还是大咖的玄学，看似冠冕堂皇、神乎其神，即使再加上精美无比的七彩装扮、锦绣皮囊，挑开来一看，其实只有生死一桩。** 生死的绞杀其实根本无须刀枪棍棒，更不必兴师动众引爆超越想象的核弹，一个最原始的本能早就从细胞的裂变，折腾得天翻地覆、你死我活，更何况还有那些不知就里的神神叨叨，让人云山雾罩、稀奇古怪的南腔北调和神机妙算。

 刺激感官

人们致力于使用量子力学揭示微粒的神秘世界，并根据量子纠缠的理论，努力解说两个粒子的同宗同源的一个爹娘，并繁衍出"亲情量子纠缠"，这种纠缠的归宗，得出的无外就是粒子的宏观的放大，和存在的具体实现，也可以说是生与死的物质与精神的转变，简单地说生与死的简单互换。当人们因技术的落后，无法证实爱因斯坦引力波的存在，而显出急躁和质疑时，中国人却花费了22年的功夫建成了世界最大最敏感的"天眼"，传说可以接收137亿光年以外的微弱电磁信号，着实让喜欢恐吓地球人的霍金都出了一身冷汗，甚至差一点都站了起来。**霍金已去，探索继续，宇宙边缘的边缘，到底谁能说得清楚。科学家们被绞尽脑汁的无法解释和探索的痛苦不堪的无解，折磨得秃去了头发、坐瘫成瘸子、饿成皮包骨，以致可怜又伟大的牛顿最终都不得不投进神的怀抱**。尽管人们用鲜活又灵动的措辞给予爱因斯坦"不可知论者"的称谓，但人类史上40%做出了突出贡献的科学家们信奉宗教的事实，又却是不能圆说"上帝"的不在和神的唐突，反倒是表现了科学家们的高明和睿智：**科学的终极归功于万能的上帝，一切的不解寄托于无所不知的诸神，尤其是在你我不知何时生死的时间空间里，难道不是最好的技巧和最为快乐的游戏**？"科学的尽头是上帝"，不正好把上帝、科学和科学家

们绑在了一起？牛顿的伟大，不光是三个小小的定理，更为了不起的还是其对上帝的膜拜，或许爱因斯坦的痛苦就在于那焚烧的书稿冒起的青烟，当然霍金的不幸绝不是蜷缩在轮椅上那瘦弱的身躯。2018年12月1日在美国斯坦福大学跳楼的、被称为"传奇中的传奇"的科学家张首晟，难道真的是因为其一直追求的"完美中的完美"而抑郁自杀？其解决了量子物理学80年来问题——"天使粒子"到底是一个什么样的重大物理发现？倘若如其所说，"就好像发现了一个完美的世界，只有天使，没有魔鬼"，可就真比霍金走得可惜。不由地想起泰戈尔的"天空没有留下我的足迹，但我已经飞过"，突然世界竟是如此可怕。

当被预言了近百年、人们苦苦追寻了几十年，第一个位于地球之外13亿光年的引力波源GW150914被人类直接探测到的消息，于2015年在美利坚自然基金会的新闻发布会上得到证实，一个让地球人欢欣鼓舞的大时代也随之拉开帷幕。这个时空涟漪，经过13亿光年的长途跋涉，只是把探测器4公里的长臂移动了一个质子直径的万分之一，也就是相当于地球到比邻星4.22光年距离变动了一根头发丝的距离。极具穿透力的引力波，以其"懒散"的习性为人们提供了打开观测超新星爆炸、伽马射线暴和不计其数的宇宙秘密的钥匙。引力波成就了超越普通人五官的"超感官知觉"或"心觉"，可以让好奇的人们有了第六感，有了超能力的人们就有了一双可以饱览大千世界的天眼。如若电磁波望远镜是人类的眼睛，可以帮助人们看到五彩缤纷的宇宙美景，引力波探测器则是人类的耳朵，可以听到宇宙世界呢喃细语和高歌合唱。睡梦中的爱因斯坦，也许

会大声歌唱，也可能悲戚低叹："当科学家登上一座高山后，却发现神学家早坐在那里了。"当人们借助引力波发现世界的局部真相时，其实包括中国的"阴阳鱼"太极图、《易经》《道德经》等可能早就有了一个完整的说法。**不然钱学森是不会轻易把物理学和道学联系在一起，并提示对人体特殊功能的研究，还首次提出了"人体科学"的理论。**当然引力波的实质是时空的涟漪，是时空一种存在形式的折叠波动，而时空折叠的引力效应，时空的可以弯曲，以至于可以把时空扭曲变形，人类可借此实现时空的跳跃，进而提高梦寐以求的飞行速度，甚至光速又或许超光速，探知一切想要知道的奥妙。但突然间的引力波风暴，引发的一系列的包括科学、哲学、甚至是伦理逻辑、社会人文的欢呼和吵闹，地球人似乎一下子找到了实现返老还童、长生不死的灵丹妙药，但时间本质的一往无前和永不回头是时至今日还没有可能的改变。尽管人们运用一个祖孙相悖论和津津乐道的蝴蝶效应来调侃和表达实现穿越、虫洞跳跃的天真烂漫，但探索和解剖生死的概念一直还是一种比之于时空更为永恒和极速的想象。

来到这个世界是不得不来，离开这个世界是不得不走。但来到这个世界又是亿万分的幸运，其他的精子形式的生命早已夭折。时间的学说，归正了生死的概念，肉体的消失，只是与时间的脱离。生死的内涵，有时只是一个死生的概念和物理时间的表达，并没有那么多除此之外的伟大外延。不论是经受了万水千山、枪林弹雨，还是繁衍了子孙满堂，成就了千秋大业，威武成帝王将相，在时间的概念里，其实都是一样。忽然间觉得，把有目的或者说有意义的事，当作毫无目的的，甚至是毫无意义的事来做，还兢兢业业、乐此不疲，突然间是那么的轻松，甚至是十分的幸福。没有了"责任""义务"的活法，竟是如此的焕然一新、心旷神怡。

二十三　"露露""娜娜"

只有参透生死，才可活得明白。而尘世凡人又有几人能参透生，悟透死。庄子击鼓高歌庆亡妻，嵇康喝酒拨弦吊友母，弘一唱歌弹琴送亲娘。白幡帐幕，哀乐嘶鸣，弘一高唱："哀游子茕茕其无依兮，在天之涯。惟长夜漫漫而独寐兮，时恍惚以魂驰。……梦挥泪出门辞父母兮，叹生别离。……月落乌啼，梦影依稀，往事知不知？泪半生哀乐之长逝兮，感亲之恩其永垂。"那最后的长调，弹拨出李叔同对至爱亲娘的哀悲：时至今日，半生匆匆，感慨人生实苦，心中的哀乐就像流水般逝去，唯有至亲的恩情永垂。在庄子、嵇康和李叔同的眼里，死是解脱，是圆满，更是一种开始。正如佛说："生又何尝生？死又何尝死？"本来生生死死、死死生生，只是一个循环。死是往生，生是死始。当今天人们再次咀嚼 1942 年已在佛门 24 载、63 岁的弘一法师圆寂时留下的"悲欣交集"四字，**那一个醒目的"欣"字，不只是云霄之外的天籁、参透生死的长调，更是他去往心中西天无极乐土的旗幡**。即使是大师 20 岁时寄居草堂的自述"门外风花名自春，空中楼阁画中身。而今得结烟霞侣，休管人生幻与真"，同样是一般生死，两愫嚼头。再听闻庄子的鼓盆而歌、嵇康的满庭酒香，谁还怀疑大师的风采、生死的自在？弘一法师的《送别》再度缭绕："长亭外，古道边，芳草碧连天，晚风拂柳笛声残，夕阳山外山。天之涯，地之角，知交半零落，一壶浊酒尽余欢，今宵别梦寒……"余音袅袅，情长意绵，大凡是人都会有别样的悟叹。只是即使是他最爱的日本妻子福基在其出家的庙外长跪三天三夜，也断不想一见，或有丝毫的回心转意，确实让平常人心颤。故而有：世间没了李叔同，佛界有幸得弘一。

量子理论使唯物和唯心的学说又有了新的纠缠，但作为一切科学基石的哲学，有时向上攀援的山顶却笼罩着神的光环。爱因斯坦相对论动摇了牛顿三定律，而后量子力学等诸领域的发现，又引起对传统科学转而对哲学的不断质疑：时间的存在、人类的永生、平行的宇宙，人类环境的真实，甚至人的由来是自然的派生还是精神的创造，如此等等。至于唯物的或是唯心的辩证，应是对立的统一，绝对的对错、是非长短、阴阳黑白，似乎不光是陷入二论悖反，甚至会因科学的迅猛，不小心被冲刷进污浊的泥潭，其纠缠不休的本源是为了追求真理的光芒，尽管路径不同，但应是殊途同归，不应是自相残杀，相互的绝对。**上帝在吗？万物何始？能否预测未来？黑洞里到底有啥？时间能否旅行？地球能否长存？等等。人说：牛顿给了答案，而霍金提出问题，假如有一天我们真正掌握了量子引力定律并充分理解了宇宙的诞生，是因为我们站在霍金的肩头上。** 在对待智慧生命的存在问题上，也许会因为 DNA 双螺旋结构的发现，找到了其隐藏的生命密码，虽然 DNA 自然进化速度极其缓慢，但基因编辑技术 CRISPR 的运用，人类或许就不由自主地进入一个自我进化的时代。尽管人们一致抗议并努力抵制对人体基因工程的研究，但仍无法抵御某个

角落里人们对人体特性需求的诱惑,当经过编辑剪辑成完美版的"超级人"出现时,必会以其超越普通人类的绝对优势,远远地疾跑在人类社会的前面,一系列的政治、经济问题会不断涌现,最终导致世界秩序的动荡和混乱,普通人的生死存亡在编辑人的面前成为一种必然。曾有个大胆的人于公元 2018 年 11 月 26 日,编辑出了人类第一对分别叫露露和娜娜的"基因婴儿",之后的 122 位科学家的联合声明,表达的不只是对其疯狂行为的担忧,更隐含着人类社会生死存亡可能面临着的严峻挑战。

让人骄傲的当今世界科技成果暗物质、暗能量和量子纠缠,却愣是对哲学世界、物理世界,特别是对经典物理世界带来了极其严峻的挑战。哲学世界当得知人们认知的世界仅是这个宇宙的 5% 时,而 95% 的未知世界难道就不是物质?世界是物质的传统理论立即手足无措,语无伦次,暗物质的存在,加之暗能量的搅动,使得意识忽然成了一种存在,故而看不见的所谓的灵魂、第六感,甚至是特异功能,并不一定因为人们的不知或无知就成为不是。**当把意识放到分子、量子态去观看,其实意识就成了名正言顺的物质**。一种大胆又自然的观点,或许只有意识超越光速才能感知光的存在时,意识的力量又何止是对物质的反制,甚至就是实实在在的物质存在。**人们或许就会面对这样一种尴尬:物质决定意识,意识依赖物质;意识也是物质;物质也是意识。到底是物质决定意识,还是意识决定物质?一个科学的哲学,纠缠着一个哲学的科学**。至于唯心与唯物的关系,仍旧回归到笼统其实又十分的单纯,即为辩证的统一。再至于使用意识形态的理论武器,去屠灭因为意

 "露露""娜娜"

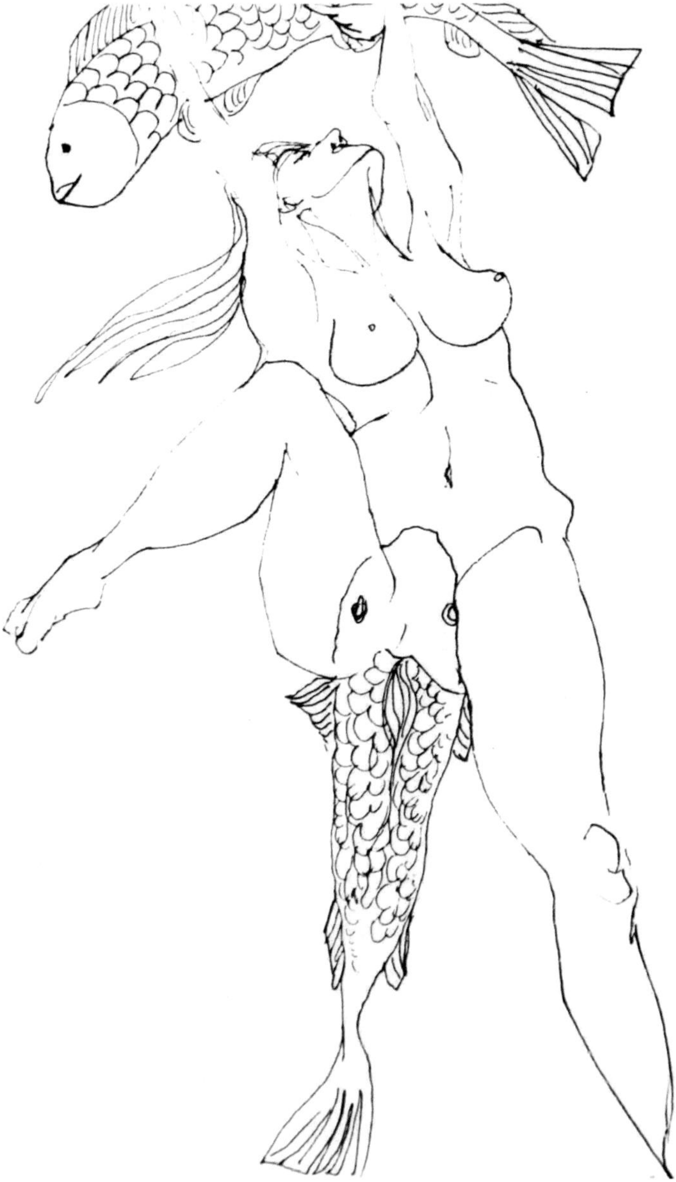

温柔世界的奥妙，露露娜娜却不曾知道

识的物质世界,只是人类社会极其短暂,甚至是忽略不计的一瞬,尽管在一刹那会有无数鲜活的生命流血,并和着生死的激荡,但物质的科学发现,将以不可阻挡的力量,如狂涛巨浪,推动意识世界的不断更新变换。中国曾经有"知识越多越反动"的阶段性概念,而西方哲学有"学得越多,未知越多",似乎也可以说**"知道得越多越苦恼"**。经典的"意识"概念,简单到一个孩子都会随口答出,固化的理论似乎要有不变的概念来做支撑。而心理学的"意识"只是指额叶周边的意识脑区,并借此收集各脑区的信息,具备区分想象和真实回忆的功效。但量子力学的运用,专注或暗锁"意识到底是什么"论题,似乎找到了可以打开一扇瞭望新世界的窗户。在量子物理学的理论世界里,人们特别在意的"薛定谔的猫"和关于单粒子双峰干涉实验的延伸实验"延迟实验",尽管前者是思想实验,后者是被科学家们检验了无数次的真实实验,但两者的结果都得到一个共同的结论性概念,即"意识"的作用非常大,甚至是观察者的意识可以反制并改变物质世界的结构,从而可以改变其因果关系。尽管只是在初始的探索阶段,但如此的趋向,必然引起思想者的恐慌——对现代科学基石"唯物主义"的质疑和撬动,类似于是现代人对先人们关于"天圆地方"的否定。倘若意识真的具有了决定物质的力量,**随之就会引爆一个可让人类暴躁的事件:我们所处的世界,也许就根本不是"物质存在",甚至就是某种更高等生命编辑的特殊程序**。倘若如此,不能不叫人毛骨悚然,某年某月的某一天,只要"高等人"不乐,随时都可以终止人类的存在,只要像现在的人们按动一下核开关一样,

二十三　"露露""娜娜"

瞬息间，甚至连蘑菇云都无须升起，一切的生命就归于寂静，更谈不上什么生死的决定。不想也不屑去高估基因编辑的力量，只是人类日新月异、突飞猛进的科技力量必然引发人类社会全领域观念，特别是意识形态的改变，当然更包括试图主宰世界的人类生死观念的改变，甚至是颠覆性的改变。反倒是运用马克思、恩格斯的理论，遵循辩证的唯物主义，坦然地面对一切已来和即将到来，或许不知何时要来，给人们眼花缭乱，甚至是瞠目结舌的"惊涛骇浪"的新鲜世界，或许更为自在和逍遥。

二十四　先贤至尚

当释迦牟尼在菩提树下,感悟并说出一粒沙里三千世界时,是否也和现代哲学家们的"世界上没有两片完全相同的树叶"有共同之处?在物质意识还是意识物质的丰富世界里,宏观与微观的相对性,并没有局限和影响生死的概念,**反倒是成就了一种形态和另一种形态的华丽转变,彼此独立的永恒,形成了自始至终的不同,万物归宗的根本,或许就是生死的定律和浩渺宇宙的平行**。诸葛亮"大梦谁先觉,平生我先知",苏轼"世事一场大梦,人生几度秋凉",李太白"处世若大梦,胡为劳其生",更有"庄周梦蝶"的谜叹,韶华白首,转瞬之间,**万物生灵,其实就是一粒宇宙世界的思想沙子**。肤浅的生理意识,无数对生的祈愿,现实的自然界,却总是回荡着想死不成、要活不能的经典,以视死如归的活,以生就必死地过,忽然间的菩提树叶也就自然地随风摇曳,冷不丁还舞出了一段优雅的动静。

《金刚经》,被誉为佛教史上最伟大的佛教经典之一,蕴含了大乘佛教的最高智慧,被尊奉为"诸佛之智母、菩萨之慧父、众圣之所依"。在中国古代,及至现代,上到帝王将相、名流绅士,下到贩夫走卒、平常百姓,无不推崇《金刚经》,作为中华传统文化的精华,影响绵延悠长,其魅力所在是人们对宇宙世界和时空概念的求索和理解。故而迎合并顺应了中国人心理的意念,成了念经、讲经、注经的热门。从鸠摩罗什翻译成汉字之后,历经南北各朝,直到唐宋元明清,不衰反盛,其衍生的文化现象,已植根于中华文化的血脉,并把其与儒家《论语》、道家《道德经》一同视为释儒道的三家宝典。但其"世界,非世界,是名世界""一切诸相,即是非相。一切众生,即非众生""一切法无我、无人、无众生、无寿者""诸心,皆为非心,是名为心"等,不管是后来人,还是那方神圣的注解,怎么就让不单是中国人,也包括一些自然科学家们是那样的惊叹其对宇宙世界认知的高深和先见,即使是喜欢挑剔的社会学家们,更是好像掌握了一把通解万物的法器和教鞭,哲学家们的心思当然更多地专注于想从各种版本的夹缝里,找到更为光鲜亮丽的思想火花,以期以自己的理解和表述,另辟蹊径地再竖起一面自己的旗帜。**即如其愿,但金刚不死**。

也正如对《易经》的理解和认识一样,在表面上似乎相当不屑和无视东方文明的潜意识里,不少理智的西方思想家和哲学家却忍不住发出了耐人寻味的感叹:人类未来智慧的秘密就藏在"无字天书"《易经》里,就如同计算机领域0和1的排列组合,以对自然界的长期观察,得出普遍的客观规律,《易经》的"先见",愣生生比毕达哥拉斯的"万物皆数"超前了若干年。其归纳出的64卦象,不仅仅是代表了宇宙人生的64种形态,更深刻的是揭示了万物生死循环的特质和规律。

2018年12月15日,凌解放(笔名叫二月河)去世,自侃其写字的目的一是怕死,想多活点年头,二是附庸风

雅。二月河是谁？他著作等身，写下 500 万字"帝王系列"，包括《康熙大帝》《雍正皇帝》《乾隆皇帝》三部，后来又推出了《密云不雨》，是中国一等一的大作家，说是文学泰斗也毫不过分。得了诺贝尔文学奖的莫言迅即亲笔撰写"二月河开凌解放，一剪梅落玉簪秋"的挽联，既表达哀悼，更是一种敬意。一个享誉文坛的作家、一个上了富豪榜的"帝王作家"、一个生活低调不愿当官不愿管事不会花钱不懂享受的作家、一个半路"出家"只懂笔耕不辍勤劳了一生直至停止心跳的，可以称之为德艺双馨的作家，调侃"怕死"，真是耐人寻味，思绪万千。想必其笔下精准地塑造的一个个栩栩如生的帝王将相、才子佳人，除了策马扬鞭、征战疆场，打江山、固社稷，谋略天下、乐业臣民，对待生死的态度，也定是精彩纷呈、千姿百态。但是，"七十三、八十四，阎王不叫自己去""人生就像抛物线，弧线下落的过程也是很累的，太阳该落山就落山，二月河该死就得死……""生未必欢，死未必哀。君子知命随分守时而已""**那座山我去过，不算高。那棵树我见过，很适合上吊**"，等等，似乎并不都是出自帝王将相之口，而是**凌解放自己对生死感悟和坦然豁达**。不由得想起清明的"落叶归根，聚散无常，落叶安知花开日；生死有命，荣枯终归根先知。""帝王三部曲"的无数生死故事和悲欢离合，不管二月河先生在天之灵是否愿听，其实在大地宇宙和星星月亮那里只是极其平常的事情，太多太多的马蹄嘶鸣，狼烟升腾，不管揉裹进多少惊天动地、欢天喜地的故事，就是再捧红五十个、一百个陈道明、唐国强、陈宝国，也只是沧海桑田的一瞬，斗转星移的一晃。如今二月河先生却驾鹤仙逝，不能不让人扼腕叹息。一想到那些必会长久流传的鸿篇巨制，是出自其孤灯长夜的一笔一画，不由得生出"雨中黄叶，灯下白头；人虽已去，魂魄长久"的感叹来，在此也算是对先生的一掬哀念！

二十五　天命君子

依照能量守恒的定律,一个生命还真就不能随便地结束、随便地"死"、随便地"挂"了,"好死不如赖活"还真不是单纯的一句俚语。阴阳的平衡,宇宙的平行,按照爱因斯坦的说法,世界的万物早安排好了,世界的一切都是上帝设计的,不速之客这样一来岂不是把个井然有序的天堂或是地狱一下子搅了个乱?不该来的不能来,应该来的必须来,否则即使中国的阎王爷同意,人家基督的上帝也不"阿门"!精子和卵子的结合,引爆的不单是宇宙,娘胎中的教育,更好像是对生命起始缺损的修补和打磨。及至撕心裂肺的分娩,脱去的不光是胎衣,冲掉了羊水、剪断了脐带,那高亢的啼喊,倒好像是对踏上生命旅程的报告。千方百计努力不死的人们,当明白了出世的道理、来世的因由和往世的轮回,也就知道自己的短暂一生中应该修炼的德行和坦然的自为。无根树,花正幽;浮生事,苦海舟。尘世间,看似的不公不平,其实都有自己的平衡。命由天作,福却自求,阴阳的互补,并不都是生死的狰狞。豁达的通情,就应视从前的种种,譬如昨日死神,尔后的事事,应是浴火重生。**生于忧患,死于安乐。一生的旅途,未知若何?荣时思落寂,顺时想拂逆,食足忧贫窭。**苏轼《临江仙·夜饮东坡醒复醉》:"长恨此身非我有,何时忘却营营。夜阑风静縠纹平。小舟从此逝,江海寄余生。"**怨恨**

二十五 天命君子

自己的身体不属于自己,被无形之手推着、揉着,甚至是自觉不自觉地煞费苦心地经营着。即使是由 1800 万亿个细胞构成的一个人,每个细胞又都是相互独立的,彼此为谁其实也都不知道,更何况整体的人物,又怎么能在庞大的宇宙天体里寻求安宁?**道生万物,万物有道。**一切的因果,皆有缘由,即使是空穴来风,也首先是风的凌空。**青红皂白、上下左右、南北东西,其实都是你我他她、虚实真假,千万的忧伤,万千的惆怅,放眼一望,结果是大梦一场,甚至是十分的荒唐。**当生死的关头,看不透、放不下、输不起、舍不得时,不妨抬头望天:浩渺宇宙、朗朗乾坤、无边无际,好一派大好河山。春花秋月,夏风冬雪,正是这阴晴圆缺,才成就了人生的酸甜苦辣,也为了这风花雪月才使得这生死的冤家有了生旦净末丑的大戏舞台。尘世三千烦恼劫,不过一幕内心戏。生命珍贵,何必太累?因果缘由,尘世何求?

人谓:"不知天命无以为君子"。**金木水火土,油盐酱醋茶。**其实不论宇宙中的因果法则、互为吸引力法则,还是利他的法则,都是偶然中的必然。人们喜欢也愿意用大数据的结果,美国人更是热衷于此,他们在综合了四十多所主要大学的一百多项科研成果后,得出了善恶有报的科学根据:"付出与回报之间存在着神奇的能量转换秘密,即一个人在付出的同时,回报的能量正通过各种形式向此人返还,只不过在大多数情况下,他自己浑然不知。"人的心念总是与和其一致的现实相互吸引。当人们感叹"越怕鬼,就越见鬼"时,其实就是金木水火土物质之间互为能量吸引的、一种形态的必然表现。**近君子,远小人,君子身边**

是君子，小人周遭无君子，似乎也是一种常理。利他的、成全他人的最终受益者，必定是付出者本人，这似乎也是定理。当生的快乐和死的忧患交织在一个互为因果的结论循环时，其实大都是宇宙法则的自然表现，一点都不值得大惊小怪和大呼小叫。这或许也是"天命"的范畴和"君子"应知应会的命题，进而是亘古以来人类纠结的生死官司宏观概念的答案。当佛说"命由己造，相由心生"时，其实是把简单的自然用了个更加自然的说法。**一切的"应该"都是"活该"。是应该"生"还是活该"死"，一切的努力都在"生死"主体的客观表象里，构筑了不可逆的定数**。所谓的"科学家"和"纯唯物主义者"或许在其一个时期的某个阶段，表现的是那样的不相信"鬼神"，甚至是义愤填膺、深恶痛绝，可即使是如牛顿、爱因斯坦等诸多杰出的大家们，又最终"看到"或相信可以"看到"无所不能的"上帝"，而哲学家们此刻却是表现出和一直有点矛盾的"科学""纯唯物"们的相当的一致，是那样的豁达和神勇，甚至是大无畏的坚定：**物质不灭，精神不朽；肉体随去，灵魂永在。慢如刀割的时间，把人生死凌迟。有的人生活，有的人活生；有的人忙死，有的人死忙。**

老子有："有物混成，先天地生。寂兮廖兮，独立而不改，周行而不殆，可以为天地母。吾不知其名，字之曰道，强为之名曰大。大曰逝，逝曰远，远曰反。"还有"有生于无""有无相生"。再道：万物生于天地，又归于天地。太极的两鱼，其实就是阴阳两极的圆。一个实在的"圆"，不光是包涵了大地宇宙的万象圆满，在充满了哲学的太极世界里，更是寓意起始的循环，万物的来往，生死的互换。

黑白首尾相融的太极鱼儿是那样的柔顺协调，又是如此的紧密无间：各具一边、相互包容、不偏不倚、不左不右、不上不下，并且以各自的"黑""白"两点，都给对方留下弹性的空间，看似黑白的分明、阴阳的对立，其实是互为依靠、互相转换，彼此支撑。《老子》的"祸兮，福之所倚；福兮，祸之所伏"，《易经》的"否极泰来"，也还有普通人的"置之死地而后生"，**其实都没能颠覆出一个已缠绵了千年的黑白两鱼**。当宋朝道士陈抟将《太极图》《后天太极图》《八卦图》《洛书》一并传给弟子时，肯定是极其神圣和肃穆。后来周敦颐用《太极图说》的解释，为后人以"太极"之心，参悟儒、道提供了可用的工具。被誉为"中华第一图"的太极图，从曲阜孔庙大成殿的梁柱，到老子楼观台、三茅宫、白云观，到道士道袍、算命先生卦幡，到中医、气功、武术，以及大凡涉及中华文化的书报杂志的封面会徽，再到韩国国旗、新加坡空军机徽，等等，太极图随处可见。当然运用于中华武术的太极拳，被说成是智慧之拳实不为过。当"立身中正"的收腹含胸，表达的是一种平和圆柔的自然而然，"屈膝松胯"表现了能屈能伸、稳扎稳打，"沉肩坠肘"是底气十足、悠然放松，其一招一式尽显中华文化的精深博大。**太极给予的生死考量并不是贪图万寿无疆，修炼的是心性，是行云流水般的清闲，是不显山露水的内敛，是看似不经意的舒展和不愠不火的锋芒。周身空无，无形无相**。不求一剑封喉、一招制敌，远离刀光剑影，更无所谓胜负得失天下第一。真所谓"柔和未必是软弱，沉默并不是畏惧，退去更不是胆怯"，拳如人生，人生如拳，多少英雄豪杰，即使是不被风云洗劫，

也无法抵御时间的消磨，灰飞烟灭，浪花淘尽。人们乐道尼采"每一个不曾起舞的日子，都是对生命的辜负"。**人类个体不过百年的生命中，却是考验了地球上的猪狗牛羊，尽管与人同在，但生命苦短，更是不留痕迹，至多是一泡屎尿。**不过反观牲畜的"欢天喜地""无忧无虑"，即使是在即将"大卸八块"时，仍是那样的"从容不迫"，甚至还"摇头晃脑"悠然自在，这又是何等的超脱和"大义凛然"。倒是中国的语言大家老舍说道："雨下给富人，也下给穷人，下给义人，也下给不义人；其实，雨并不公道，因为下落在一个没有公道的世界上。"**生命给予万物都是一次，在时间面前，人和其他动物毫无二致。**当人们在午夜的收音机里听到质朴的印第安人反复地低吟"别走太快，等一等灵魂"时，也许心灵会有一丝的发颤，甚至是撕心裂肺的绞疼。**倘若猪狗牛羊的灵魂也在，飘荡在天空的又何止是只有神圣的上帝和伟大的如来，还是那个被千人骂万人唾的犹大。**

贾谊《鹏鸟赋》有"且夫天地为炉兮，造化为工；阴阳为炭兮，万物为铜"，台湾艺人李宗盛在《凡人歌》里也呻吟几句感叹"你我皆凡人，生在人世间。终日奔波苦，一刻不得闲"；枭雄曹操却发出不同于常人的"对酒当歌，人生几何。譬如朝露，去日苦多"；而苏东坡的《望江南·超然台作》则道："春未老，风细柳斜斜。试上超然台上望，半壕春水一城花。烟雨暗千家。寒食后，酒醒却咨嗟。休对故人思故国，且将新火试新茶。诗酒趁年华。"人都一样，但心境不同，自然也就表达着不同的自己，尤其是关于人生的态度和生死过去。**当为了生计飘荡，为了利益使**

二十五　天命君子

船不扬帆，你可是等人的魂？

力,为了满足不择手段,为了活着不遗余力,为了生活千方百计,甚至是为了"不死"委屈地活着,当然还有那为了不可言状、不知道为什么的卑躬屈膝、低三下四,而毫无思想、毫无尊严、毫无底线、奴颜婢膝、委曲求全地"坚强"地活着。只是一路的颠簸,一路的风尘、一路的慌张,硬生生把个肉体的生物、简单的脑壳,搅和得跟浆糊一样,进而把地球世界蹂躏得神经兮兮、不知东西。

二十六 $e^{\pi i}+1=0$

当近现代的科技文明，不断地因为不断的发现和理念、技术和工艺，甚至是材料的运用，出现了与社会学、认识论，特别是传统哲学的摩擦、对撞，有的直接就发起了挑战，还有的就是"相互谩骂""胡搅蛮缠"。一个数学大神欧拉的"上帝公式"，就把本该独立的不相关联，不仅揿在了一起，还成了电气工程、信号处理等诸多领域的必选工具和法宝利器，尤其是电灯和数码相机等的发明，又使其威名远扬，叫自以为是的现代人俯首称臣，拍手称赞。$e^{\pi i}+1=0$ 的简洁和优美，一下子似乎把"圆"这个世界上最美的平面对称图形，因为希腊人阿基米德 π 之后的三位数、托勒密 π 小数的四位，当然更为中国人骄傲的祖冲之 π 小数的七位且领先了世界一千年的一个符号，又与欧拉数 e 这个无理数的超越数和虚数 i 完美地结合在一起。在科学的事实面前，无需更多的废话，也可以说，**在科学的威力面前，一切的"私心杂念""蒙混过关"都成了不可能，不论是何时何地、何朝何代，任何的企图对科学的欺骗和盗用，最终都会把自己搞得十分狼狈不堪**。难怪当年在俄国叶卡捷琳娜女皇的宫廷法庭上，欧拉与当时著名的无神论哲学家狄德罗的辩论，因为"**上帝存在，请反驳！**"而引来哄堂大笑。0 和 1 以自己的"有理"，担当着数学王国的基石，i 的"不实"成为支撑虚拟世界的支柱，更同样"无理"的

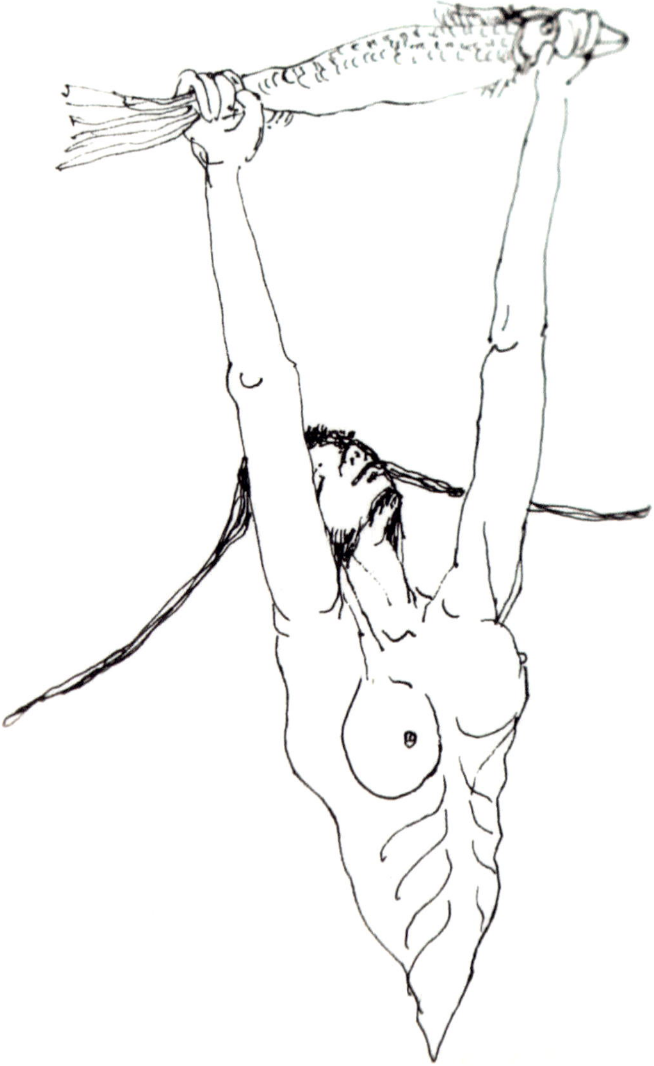

小数点后的亿万倍

二十六　$e^{\pi i}+1=0$

π 演绎着几何的完美精彩，e 则是以高尚的"自然"智慧之"底气"，使分析学的力量光芒四射。人们把数的发明、解析几何的诞生和微积分的使用视为十七世纪数学的三大成就。e 则从此以自然对数的底，不辞辛劳地为人类文明的进步起到保驾护航和推波助澜的作用。0、1 和 π 在人们的生活中随处可见，虚数 i 则是处在人们的想象之中，只有 e 自始以"无理"的身份隐姓埋名，但它的谦虚和低调，又丝毫无损于其为了揭示宇宙秘密、反映自然客观规律所做出的重大贡献，故而当之无愧地被誉为"自然常数"，也毫不夸张地可以被授予"自然王子"的称号。e **不仅重要，而且独一无二**。否则数学家计算高位数的高次方程、物理学家探讨求解宇宙规律的物理方程、化学家进行 pH 值的计算及求对数的浓度图、生物学家描述微生物的生长和细菌的繁殖、经济学家处理大数据的金融实质时，不可能那样得心应手、潇洒自如。至于诺贝尔物理奖得主理查德·费曼将欧拉公式誉为"我们的珍宝""数学中最非凡的公式"以及德国天才数学家高斯的"一个人第一次看到这个公式而不感到它的魅力，这个人绝不会成为一流的数学家"的说法都是那样的自然科学和绝对的专业，至于类似的"马后炮"也就只当开心逗乐罢了！

　　而后人们真正感悟到欧拉公式的神秘力量却是在一个万物皆空的结果"0"。一切的呼风唤雨、电闪雷鸣，所有风流倜傥、风姿绰约的帝王将相、才子佳人，在历经了无数的数学演算之后，不论是在 π 的小数点后几十万位，还是在 e 的"不讲理"中，再或是在虚数 i 的乘方之下，都会不可抗拒地归零。当然在科学家们一摞摞的数理统计和线

性模型中，包括大数据的归纳里，再或者在哲学大家挑剔的延伸里，"0"的概念是绝不会与生死的过程画等号的，即使是约等于都是不允许的，人们不是特别喜欢反复引用"在科学的道路上来不得半点马虎"吗？此处的"0"，有可能就是超然的无穷，是鸡生蛋、蛋孵鸡，是一望无际的海洋，是深不可测的宇宙，也可能是物质不灭的精神意识，不清不楚的量子纠缠。**故而生死的感念，不光是有和没有，更不是来而和往去，也不是存在和消亡，有时只是一个轮回，一种感觉、一道光、一闪电，甚至就是冥冥之中的幻觉。不管你承认与否，存在的物质，绝不会因为我们现有的感知而决定是否存在，不会因为你手中枪炮的威力而消亡，同样也不会因为它的胃口有多大而吞没**。至于被印度人将之与圣雄甘地、诗人泰戈尔尊称为"印度之子"的天才数学家拉马努金，只因为能在梦里与娜玛卡尔女神相遇，就能独立地发现了3900个数学公式和命题，特别是其惯于直觉，直接跳跃，导出公式，不做证明，又无不被后人证明了的正确的结果，尤其是到现在仍无法解答，而其被确信无疑的数学公理，甚至还成了解释和探究黑洞理论的计算工具，只能归功于印度"梵"神的指引，除此至少到今日仍是无法解答，其"伯乐"哈代的惊奇、迷惑、不解将会永远继续。**但存在的合理，是不悖的真理。**

二十七　唯物唯心

　　世界原本的自然存在，根本不因你的知否，只是"心"灵魂搅动，轰然唤醒了意识的无穷。当人们借助科学的力量，惊奇地发现人类的大脑竟然与现在已知的宇宙结构有着惊人的相似。大脑中拥有 1000 亿个神经元和 100 万亿个连接点，同样的，在宇宙星系里，银河星群中也有 100 亿个星系相互关联，10 万英里的大脑血管中包含了上千亿个神经细胞，奇巧地与银河系中的恒星数量基本相同。当科学家将人类体内的原子放大几百倍后，大脑中的神经缠绕，竟然与宇宙星系的缠绕互动惊人的相似。当今世界的西方人喜欢"求外"，为了认识世界不惜血本无限向外，试图把宇宙的根源搞个明白，而含蓄习惯了的东方人努力地"内观"，不断地剖析自己的内心世界，对人性刨根问底，以期明心见性、找到自我。**宇宙如同放大了的大脑，而人体系统的复杂和精致毫不逊色于宇宙的设计**。把地球比喻为一个电子，太阳就是一个原子核，太阳系是一个原子，星系是一个分子，宇宙至多是一个细胞，而广阔无垠的世界其实就是一个比之于人体更大的生命体。**一沙一世界。大小之间、方寸之地，都是一个无穷无尽的大世界**。人类大脑的 90% 还处在终生的休眠状态，宇宙中 95% 的物质至今也不为人类所知，我们所知道的就是我们还有很多的不知道。**什么叫一念天堂，一念地狱，神魔就在一念？其实一切都

在"起心动念"。浩渺宇宙的无边无际,物质世界的客观存在,意识物质的不分界限,无不因为心的"跳动"而变得绚丽多彩,甚至于印度给出了一个"梵天"的神话:**世界就是一个梦,梵天梦醒,世界尽无**。进而生死的互动也就是那么的坦诚和自然,超脱已知的世界,飞翔在只是现在不知的广阔天地,或许活得更加自由,在第六或是第七第八感知的世界里,无穷无尽的存在,因为人类的不知或者是无知,正在暗中窃喜和尽情地狂欢。

突然间,一种关于唯物和唯心的"是非纠缠",竟显得不知所措、晕头转向。当然并不是对物质和精神的不能区分,而是对物质和精神的阶段或低层的认知区分有了新的不同。**过去的"物质"成了今天的"精神",往日的"精神"如今却成了实实在在的"物质"**。倘若如某些"开了天眼"的人们,或人们借助特殊"天眼",把世界未知的95%看个清清楚楚、明明白白,一切的现在认识和观念,不单单是一般意义的现今人们"任性"概念的物质意识会必然地发生颠覆,就是生死的轮回、死生的转变也必然成为自然。**尽管"主义"的见解纷繁复杂,甚至还要付出鲜血的代价,但不管什么样的"主义",到头来在科学的助力下,都会以不同路径的方向,向着真理的高地进发,只有最终的结果才是人们期望的"天堂"**。

不能不说,现今的科技似乎已经为人类提供了一个全新的认知世界。如果说生命的本质只是一种感知,是事物存在本质中的感知体,其实也都具备了坚实的科学支撑。生命和世界的关系已经被人类搅和得"五彩缤纷",利用、

二十七 唯物唯心

竞争、对立、分裂、冲突、杀戮,还有没完没了的灾荒。**尽管人类文明是矛盾和对立调和体的"成就",是对生死概念冗长的艰难背书,但单纯的人为界定,只能是对世界的误解、扭曲,甚至会分裂和毁灭世界**。应该说生命就是感知的运动,运动才是生命本来的角色,其单纯的"物体"存在不可能代表生命的全部,感知是生命实质内涵的不可或缺,感知才是更科学、更合理、更真实、更客观的生命存在。如此的概念,是对生命也是对生死概念的全新界定,人类也就会在注重生命物理运动的同时,更关注感知的存在,进而不再计较生的开始和死的结束。表象的生命继续,生命的意义得到丰富,存在的替换,升华为感知的伦理。人们不会局限生死的狭隘桎梏,对生死的纠结也就释然,脱离开"生死"这紧箍咒的束缚,并因生命实质的改变,在生死面前活得轻松自然。精神不再是虚幻,更不是孤立无援,精神因生命的概念而变得主动乐观,**特别是当精神和物质同时服务于人的感知目的时,精神就会大放异彩,释放出无限的活力**,这或许就是人类存在的终极形态。天空的生命五彩悠然飘荡,至于感叹"人生天地间,忽如远行客"的孤旅惆怅,"遥知是夜檀溪上,月照千峰为一人"的与天地逍遥,"举头天外望,无我这般人"的孤高自许,"花间一壶酒,独酌无相亲。举杯邀明月,对影成三人。月既不解饮,影徒随我身"的韶光易逝,路途艰辛,"千山鸟飞绝,万径人踪灭。孤舟蓑笠翁,独钓寒江雪"的万物归寂,"知我者,谓我心忧,不知我者,谓我何求。悠悠苍天,此何人哉?"的苦心孤诣者的痛楚,"昨夜西风凋碧树,

独上高楼，望尽天涯路"的求索追寻，"拣尽寒枝不肯栖，寂寞沙洲冷"的文人清高，都或许不如"生者为过客，死者为归人"的简单和真诚。

爱因斯坦"在真空环境下，不可能有物体的移动速度超过光速"的这句话大致也可以理解为：在真空环境下确实不可能有超光速的物体，但真空条件下可能有超光速的速度。及至今日，超越光速只是人类的向往，就像突破了音速一样，人们为了自我的生存，**特别是科学的不断进步，探知未知世界的"野心"越来越不可抑制，看似"调侃"的科幻电影实则是人们潜意识欲望的暴露**。特别是粒子对光速的超越，更是激起人们对粒子的极大希冀，把宇宙飞船粒子化，进而实现物质的重组，再而实现宇宙飞船的光速超越也就成了可能，当然即使是以光的速度飞行在无边无际的浩渺宇宙，飞船的速度也犹如人类可见的"龟速"或"牛速"。只是那时人们突然发现，或许一切的事物，甚至是现有的是非，特别是认知的世界必会出现彻底的推翻。不知近来科学家们用太空望远镜发现的，代号为"SIMP J01365663+0933473"被称之为"宇宙幽灵"的神秘气态天体，以其强于地球400万倍的磁场，在距离地球仅仅20万光年处悄然靠近人类，不知会给喜欢"热闹"的人们带来什么样的"刺激"。**人类一思考，上帝就发笑**。真若存在大于感知，其实无数的事实也早已证实，就仅靠人类的嘴眼口鼻耳来认知的物质是何等的局限。"存在即为物质"是任何人都一致的观念，但时至今日，"存在大于感知"也不得不使人接受，**人类对物质存在的认知绝不会因为人类的**

二十七 唯物唯心

"**无知**"**而不存在**。看似空无一物的世界,只是人类认识的狭隘,像这种看似是对科学的"标榜",又是那么的不值一谈,似乎诸多宗教法门的看似"虚幻",反倒是被牛顿、爱因斯坦"表彰"了一遍。当然路遥的"觉醒"跟"迷人口说,智者心行"是不同的概念。

二十八 孤独旅行

人类在宇宙中是孤独的，至少现在是这样的。不管是达尔文的生物进化论还是其他理论学说，人类从诞生到进化的过程是极其漫长的。日本动画片2003版《钢之炼金术师》中量化说一个标准成年人的组成包含了"水35升、碳20公斤、氨水4升、石灰1.5公斤、磷800克、盐250克、硝石100克、硫黄80克、氟7.5克、硅3克、铁5克，还有适量的15种元素"。**倘若不计至今还没搞明白的灵魂意识，单就人体所需的物质元素，如碳氮氧氟，就需恒星的无数次燃烧锻造而成**。但如果把宇宙历史换算成人类的年历，人类也就经历了一个只有14秒的历史进程：1月1号宇宙大爆炸，氢是最基本的元素；1月10号氢因引力坍缩而被点燃，形成第一批恒星；1月13日恒星剧变，小的星系形成，碳、氧、氮、硅、铁元素越来越多；3月15日银河系诞生；8月31日太阳诞生；9月21日地球生命出现；11月9日生命开始呼吸、移动；12月28日海洋生物开始登陆；12月28日第一朵鲜花绽放；12月30日早上6时24分小行星撞击地球；12月31日最后一小时人类出现。尽管孤零零的人类不管是出于什么样的目的，一直在竭尽所能使用各种方法努力探究宇宙世界的奥妙，试图寻到自己的同类。NASA在1972年发射的"先驱者10号"在成功穿越小行星带，并近距离观察了木星之后，因电力不足而失去了联系。之后1977年的"旅行者1号"可能是至今飞得最远的了，2014年离开了太阳系，飞向了别的恒星。"旅行者1号"带走了一张12英寸的金唱片，里面收录了55种语言的问候语，内容是"行星地球的孩子（向您们）问好"，以及一个90分钟的音乐锦集和27首世界名曲。同时，收录了当时的美国总统卡特的问候音频，但有的科学家却说，外星人最先听到的可能是希特勒，因为1936年纳粹德国的奥运会开幕式时，当时的电视直播频率低于50MHz，电视信号的频率正好能通过地球的电离层反射，抵达太空。在超过了80多光年的地方，信号或许已因电量的过低而被分散，但也完全有可能被潜在的外星生物探知。其实在人类孤独同时，是相对的安全，就如霍金警告的，不要轻易去打扰外星人那样，这或许是受到玻尔兹曼大脑的感应，我们生存的熵值实在太低，就如同南极的冰川一样，如要成为中国哈尔滨的冰雕，那要历经成百上千年的功夫，而真如那样，即使是"强大"的宇宙也会因其自然的有序走向无序，最终走向死亡。**宇宙的存亡似乎与现实的人类相去甚远，但人类的"妄想"又时时搅动着宇宙世界的波浪，当生死的意念真的如同宇宙的无边膨胀，一切的思想都会全面开放，但又释放出相当的"荒唐"。**

二十九　命运八卦

在讨论生死的命运时，对游戏"八卦"的算命先生而言，**命是定数，运是变数**。"先生"常常是掐指默念：你命好而运未到，甚至就直接是，你命好而运差。现实却又不得不承认"先生"的话的合理。让人心疼的路遥确实走得早了点，但他留下的不朽名作《平凡的世界》，在人们探索命运的主题里，将会继续启发出无数的思考。其发自内心，用牙咬出的"每个人都有一个觉醒期，但觉醒的早晚决定个人的命运"，不知是否与诸葛亮"大梦谁先觉，平生我自知"，以及庄周梦蝶的"俄然觉"都是关于"觉醒大悟"的共同。至于释迦牟尼菩提树下的醍醐灌顶，可能又是常人一般无法做到的，但只要有过人生经历的人们，又不可避免地必须接受人生的必然考试。尼采的"每一个不曾起舞的日子，都是对生命的辜负"的说法，关键并不在于"起舞"，即使是猪狗牛羊同样也以自己的方式，每天都在"起舞"，只是"起舞"的节奏、"起舞"的韵律、"起舞"的姿态不同而已。倒是其关于人之精神境界的"骆驼、狮子和婴儿"的说辞，对应了"起舞"的注脚。忍辱负重、听命于人、黄沙漫天、昂首向前的骆驼，我最强、我是王、我当家，威风八面的"狮子王"，都不能因此就否定了嗷嗷待哺、无忧无虑的小儿郎。其"起舞"的姿态毫不逊色于杰克逊的太空舞。**即使是一个精神病人，同样有跳舞的欲**

望,且每天都在以自己的舞步、用自己的方式和着不同的乐章在自己的世界里畅想律动。余华说:"人是为了活着本身而活着,而不是为了活着之外的任何事物而活着。"莫言也说过一句掏心窝子的话:"都说是人活一口气,还不如说人活一口食儿。肚子里有食,要脸要貌;肚子里无食,没羞没臊。"有时候的大彻大悟,不一定非得什么至高无上,其实也就是正常人的拉屎放屁,就像只吃不拉一样,如果只活不死,世界将会啥样?饿了就得吃饭,因为肚子难受,并不是为了一个拯救世界,否则就会成了一股"臭气"。鲁迅的匕首历来是直戳人心,其"可惜有一种人,从幼到壮,居然也毫不为奇地过去了;从壮到老,便有点古怪;从老到死,却更异想天开,要占尽了少年的道路,吸尽了少年的空气……",当然"吾皇万岁万岁万万岁"的殿堂百官山呼,以及"万寿无疆"的衷心祝愿,也只能算是瞎话。历史上活得最长的皇帝乾隆不过也就是 89 岁,连昔日穷乡僻壤的巴马农夫都没比过。不过有人为了说明"吾皇万岁",便弄了个据说一生熬过了秦始皇、秦二世、汉高祖、汉惠帝、汉文帝、汉景帝六位皇帝,活了 103 岁的南越国的开国皇帝赵佗来说事。

关于"2045 年人类将实现永生"的这句话是谷歌的未来学家雷·库兹韦尔说的。其言之凿凿地肯定现代科技不仅使得人类更加聪明、更加健康,而且血液中的纳米机器人可以帮助纠正 DNA 的错误,到 2020 年,也就是明年,人类的免疫系统可以由纳米机器人(Nanorobot)来接管,纠正病原体、肿瘤等一系列免疫系统的错误,人体程序化的实现已完全成为可能,3D 生物器官的打印,成功地实现了

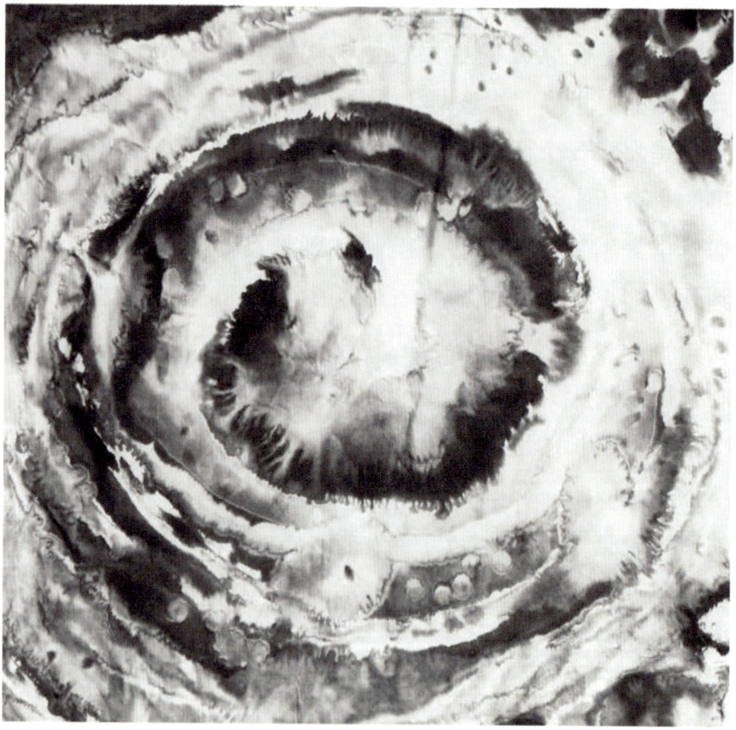

似乎命运的律动，并非都是加减乘除

组织器官的复制，人工智能利用"编程理念"对人体的"组织编程"进行重整，对错误"程序"进行修正，同时可以对人体内无用、陈旧的组织进行换件维修。据闻截至2018年9月9日，中国公民器官捐献志愿登记人数614 608人，实现19 380例，捐赠器官54 956个，届时不知道还需不需要"热心人"再做这样的奉献。当然"永生"的实现是建立在非生物智能的技术之上的，按照基本的预测，到2045年，非生物智能技术将超过目前人类智能总量的10亿倍之上，其超乎寻常的创造力，为实现"永生"提供了可靠的技术支撑。倘若如此，人类的世界观、人生观、价值观将发生颠覆性的变化，地球的人类和人类的地球也必会以新的式样表达着生死的观念，对宇宙的探索不再仅仅是"好奇"，谋求生存的空间已迫在眉睫。**没有死的世界，不光是可怕的，简直就是恐怖！**

　　一般意义上的生命的载体是肉体的存在，而对生死的考究，又急切地希冀有一个可信的灵魂。**存在与精神、物质和意识的矛盾纠结，逼迫着不管是活着的，还是死了的，都在关注，甚至是相信，或者说去制造一个"实实在在"的赖以存放灵魂的天堂或是地狱。**一个巨大的"头套"，笼罩着人类的"脑袋"数以千年，与生命如影相随。存在的肉体纠缠于无法，也特别乐于在自设的战火硝烟中死命拼杀。**灵魂和肉体的绞杀，为任何一场现实战场都难以比拟，其时间之久、规模之大、惨烈程度之高，绝非人为可控，且是既因人又为人的天然矛盾。精神灵魂的"张狂"，是主动的自觉；而存在的肉体是本能的感知。**存在的表达和精神的感知，最终的目的是和谐一致，实现存在和精神的统

一。如是就可使存在的生老病死从冲突和压迫下解放出来，不论是精神还是灵魂也就携手存在的生命，疾步在愉悦和欢快的大路上。进入了精神境界的生命，也就不再纠缠于你我他的生死互动，生老病死的概念骤然升腾出耀眼的光环，恐惧的死亡和喜悦的诞生如同庄子的击盆、毛泽东的"庆祝会"，是那样的喜气洋洋、心情舒畅。万法唯心，命由己造。人们关于21世纪终极时代的期盼，不管是基于对宇宙的新发现，还是自然科学的迅猛发展，尤其是信息力量的极速嬗变，"勾引"其人类野心的"极度"膨胀。在探究生死的"恐慌"中，极力想在自己的"有生之年"实现超越生死界限的"不死"理想，以自己最大的"能耐""不择手段"地完成对演化了35亿年之久的生命界的最终质变，进而彻底"脱壳"于生老病死的生命本体，不知谷歌的雷·库兹韦尔是否是为了迎合人类对"终极时代"的期望，而不顾"自然法则"的尊严胡乱瞎说。有科学研究说，一般人24小时有6万个念头，佛说一个念头有90个刹那，一个刹那就有900个生死，也即正常人一天要经历48.6亿个生死，那一生要经历多少个生死！"现实"的自我，因认知的局限，当对视镜子中"自己"，回应的只是一个物质影像的直接反射，除此之外并没有更多的感觉。至于老子"人能常清静，天地悉自归"，只是对"贵族"的修养，而大多的普通人还是更期望于"生生不息"的传说，特别是如同于雷·库兹韦尔的"调调"。

 **向死而生**

中国的东方卫视推出一部关于 200 多个生死故事的纪录片《人世间》,或许是因其核心的主题是围绕着"向死而生",故而引起了强烈的共鸣,得到了一个 9.5 分的观众评优高值。一个叫李咏的主持人因癌症死了,再联想到当年走了的"国脸"罗京,还有"老少通吃"的武林大侠金庸,等等,生死的问题似乎一下子成了"热门",难怪白岩松几年前就不断地"叫嚣",并在不同场合呼吁,提醒人们"向死而生"。话是好说,事却难做,尤其是面临"生死关头",怎不叫人纠结?谁都知道"生的偶然,死的必然",但绝大多数的人,甚至是所有的正常的人,大都没有"死"的勇气和随时死的准备,只是躺在了医院的床上,有的人是直到被推进了 ICU,插上了横七竖八的管子,才不得不面对死的来临。"向死而生"四字,之所以能引起如此的共鸣,可能还不光是单纯的理性回归,科学的推动,技术的进步,已迫使"现实"的人们不得不仰望天空,探究未知的"物质"和"意识"的存在,并努力寻找解开去往"死"的密码,给予"生"的因果回报。单就一个叫乔布斯的人一下就用 iMac 颠覆了电脑、用 Pixar 颠覆了电影、用 iPod 颠覆了音乐、用 iPhonc 颠覆了手机,如此一个人对世界的连续"颠覆",并非只是智慧才能的结晶,正如他于 2005 年在斯坦福大学演讲时所说:"我每天都会对着镜子问自己:如果

今天是我生命中的最后一天,你会不会完成你今天想做的事情呢?"之后的"向死而生",迸发出"死亡是生命的最伟大发明"的辩证理性。同样的,先后任职于苹果、微软、谷歌公司总裁级的知名人士李开复,以一个癌症患者的特殊身份,开始了之后最为洒脱自然的"新的人生"。在经历了"一度认为自己活不了100天"的绝望炼狱,第一次哽咽说出对已故父亲的亏欠,第一次落泪谈及母子深情,第一次体贴地对妻女致歉,后来的一系列"正能量治疗"成就了"向死而生——我修的死亡学分"的真知灼见。不知乔布斯和李开复算不算当今世界的开悟者,但庄子的鼓盆而歌、毛泽东的"庆功会"确实应了"天地与我并生,而万物与我为一"的"天言"。尽管死亡不能说成是人生最大的盛宴,但犹太民族的"明天你将死去",激发起不屈不挠、坚忍不拔的"革命"意志,又确实赢得了人类社会的一致称赞,其创造的无数"精神不死"的光辉业绩,自然与天地同辉,和日月同在,进而实现"不死"的永生。当人们今天再次唱起薛岳的《如果还有明天》绝唱"与其苟延残喘,不如从容燃烧"的歌词时,不知是其对人生的顿悟,还是对人世的生死告白。当其将死之时,回应哈林关爱"我快要死了,你不知道吗"的轻松作答,特别是对友人"所以,你们要好好的哦"的叮嘱,又不能不使人感受到其对生死观的理解和自然透彻。

生命不一定结果,但确实应该开放。当明末崇祯年间,高僧苍雪大师的"松下无人一局残,空山松子落棋盘。神仙更有神仙着,毕竟输赢下不完"。一盘残棋,你争我夺,众生棋子,输赢没完。**虚空不空,真相无相;了了生死,**

二十 向死而生

如如不动。志公禅师于公元514年12月圆寂,所得谥号"广济大师",可能还不只是其96岁高龄的缘故,其一曲《醒世歌》的流传应是真正的缘由。"南来北往走东西,看得浮生总是空。天也空,地也空,人生杳杳在其中。日也空,月也空,来来往往有何功。田也空,地也空,换了多少主人公。……身归土,气随风,一片顽皮裹臭脓。……生有一,死无二,休向人前跨伶俐。在生置下万顷田,死后只得三步地。宽八尺,长丈二,仔细思量真个是。若人死后带得去,志公与你亲书契。"弗洛伊德说:"我们当然有着思想准备,把死亡看作是生命的必然归宿,从而同意这样的说法:每个人都欠大自然一笔账,人人都得还清账——死亡是自然的,不可否认的,无法避免的。"正所谓"尘归尘,土归土",人生不过是一次旅行,漫步在时空的长廊,富贵名利,不过是过眼烟云,无需太多的行李,重了也就寸步难行,生命之舟,哪载得动满船的金银?《红楼梦》的《恨无常》有"喜荣华正好,恨无常又到"人之一生,即使荣华富贵,但也抵不过旦夕祸福、生死无常。**下一秒的故事,只有下一秒的人知;今天的故事,明天也许啥也不是**。好不会永远,坏也不会不变,也许就是这样的变幻无常,才使得人生丰富多彩,五彩斑斓。山有峰顶,海有彼岸。路途遥远,终有回转。余味苦涩,必有甘甜。国学大师翟鸿燊的"万丈红尘三杯酒,千秋大业一壶茶"。自然"管他身外三千事,得闲轻笑两三声"都是对"滚滚长江东逝水,浪花淘尽英雄。是非成败转头空,古今多少事,都付笑谈中"的补充和注解。

至于李咏的"人有三命,性命、生命和使命,都只因

经天纬地的神,皆为有血有肉的人

为生存、生活和责任"的感悟，并不是因其英年早逝而得到同情的认同。全世界每一秒就有两人死亡，**当我们在说句话、吃口饭、唱首歌的当儿，不知不觉中世上已悄然走了七八个人，且并不在于你的知与不知、觉与不觉，相知的痛哭疾首与无知的一脸茫然，根本没有任何理由的奇怪，更无须对此愤恨和责难。瞬间的来往，生死不过如此。死的境界和生的情调，尽管人们刻意营造了不同的音乐背景，但生死循环，在明白事理和知道点"人事"的人眼里，是应该的坦然和自在，一切的大惊小怪都是枉然，更无须表现得那样慷慨激昂和万般无奈。**苏轼的大名永存，不光是诗词歌赋，其对生死的感慨又是那样的让人不得不认同。"惆怅孤帆连夜发，送行淡月微云。尊前不用翠眉颦，人生如逆旅，我亦是行人。"你我皆为天下客，何须自恼把天破。有故事说：一个人死后，见佛祖拎一箱子，便问箱内何物？佛祖告之乃其遗物。又问："可是我生前的衣物和钱财？"佛祖："那些都属婆娑世界。"又问："是我的家人？"佛说："他们是你旅途的伴。"又问："那一定是我的灵魂？"佛祖笑而又说："你的灵魂属于我！"看着打开的箱子之内空无一物，故而再问："我有什么？"佛祖言道："你活着时的每一刹那都是你的，但现在的你，一无所有！"**生不带来，死不带走，赤条条来，光溜溜去，属于自己的只是"活着"的事儿。**《诗经》中的"悼亡诗"，即使有了像西晋的潘岳、中晚唐的元稹和李商隐，似乎也不抵苏轼首创的《江城子·乙卯止月二十日夜记梦》"悼亡词"。看似"记梦"，实则抒情，真挚朴素，沉痛感人，每字每句，戳人心扉。实在不忍摘录，不妨全词复制，既是对贤达的尊

敬，也算是对生死感念的回应："十年生死两茫茫，不思量，自难忘。千里孤坟，无处话凄凉。纵使相逢应不识，尘满脸，鬓如霜。夜来幽梦忽还乡，小轩窗，正梳妆。相顾无言，惟有泪千行。料得年年肠断处，明月夜，短松冈。"

 "断舍离"极简

 **"断舍离"极简**

佛祖的一句"现在的你，一无所有"倒是和"less is more"（少就是多）这句二十世纪德国建筑大师密斯·凡德罗的口头禅意味相同。现代人的思维是"天真"的活跃，不经意就把"简约"进化到了"极简主义"，并推崇为人们纯粹的生活方式回归，进而把艺术殿堂的表达形式，融进了现实社会平常人的吃饭睡觉。当然日本的杂物管理咨询师山下英子提出的人生整理观念"断舍离"更是成了一种时尚。"断"就是断绝不需要的东西，"舍"即为舍弃多余的废物，"离"则是脱离对物品的执着。世界上幸福指数最高的北欧，甚至掀起了"极简主义"的"风暴"。19世纪的艺术评论家约翰·拉斯金说："每一样增加的物品，都会添增我们新的疲倦。"同样如同一位智人所说："你的宝藏在哪里，你的心就在哪里。"朴素的理解，也是"极简"的解释，极简主义的益处也许就在于少则明，多则惑。当然如若单纯地理解为只是物质的"极简"，那就太单纯和机械了，**应是在纷繁复杂的苍茫世界，分辨出至关重要的东西，捡起并装进心里，轻装上阵，一路高歌，人生也就简单并敞亮，及至天堂抑或是地狱，上帝还是阎王，再者即使是佛祖也都会笑脸相迎，合掌相望。**南朝无门慧开禅师的《颂平常心是道》："春有百花秋有月，夏有凉风冬有雪；若无闲事挂心头，便是人间好时节。"据说被非常成功的商人

李嘉诚请了书法家写好挂在办公室的墙上。**境由心造，但凡诸事不求非分之想**，顺其自然，为所当为，**去繁就简，生死的话题也就不是累赘**。喜欢台球的人大都是知道路易斯·福克斯这个高手，但就是这样的大师，在1965年的国际台球大赛上，因为在关键的决胜局，一只苍蝇落在母球上，而与冠军失之交臂，心高气傲的路易斯竟为此而跳河自杀了。一只苍蝇要了一个台球天才的命，看似时运不济，实则定力不足、心力不够，更多的是身上背负的太多——荣誉、金钱和美女。拿破仑有句名言："能控制自己情绪的人，比能拿下一座城池的将军更伟大。"就连当年叱咤上海滩的"黑帮老大"杜月笙都会说出"头等人，有本事，没脾气；二等人，有本事，有脾气；末等人，没本事，大脾气"的话。有人统计，平常人生活中80%的物品是没用或基本不用的，但大多数又都像"守财奴"一样，一辈子守着，还要充满感情地要"留给孩子们做个念想"，不但自己"坚守"一生，还要把"包浆"了无限情感的"物件"永久流传。**精神的希冀和物质的实在，融合在一个客观的存在，甚至还要沁入灵魂**。尽管始皇帝的陵墓几千年保存完好，但终究一日会"重见天日"，其陪葬的三宫六院、七十二妃，以及金银珠宝，一并都会曝光，那时嬴政身上的黄袍不知是否还在，手中的玉玺是否还有效，一切的威严，是否还能"君临天下"？灭六国、统文字、制货币、同车轨、修灵渠、建长城、征南越、击匈奴的始皇帝尚是如此，今人又能怎样？附加的太多，强加的不少，尤其是违背"自然"的意愿，又特别是看似"合理"的强盗"理念"，以及数不清的"约定俗成"的观念，还有"胡同"里老少爷们、姥姥舅舅的"老理",愣是把一个天真无邪的孩子,整得一身是汗。还大言不惭地用一摞摞厚厚的本子教说这是你姥姥的姥姥的姥姥的"遗愿",及至两眼一闭,其实都成了人生戏台上"扯淡",但又实实在在左右了客观世界的生死观念。至于颜回贫居陋巷,一箪食、一瓢饮,不改其乐,也包括李嘉诚一副用了十几年的眼镜和台湾塑料大王王永庆27年不换的毛巾,真还不是巴尔扎克笔下的葛朗台的吝啬,美国19世纪作家梭罗在瓦尔登湖畔独居两年得出的"一个人,只要满足了基本生活所需,不再戚戚于声名,不再汲汲于富贵,便可以更从容、更充实地享受人生"。人生感悟之所以让人们乐道,肯定是有其道理的。

余华说:"以笑的方式哭,在死亡的伴随下活着。""死亡不是失去生命,而是走出时间。""一个人命再大,要是自己想死,那就怎么也活不了。""人啊,活着时受了再多的苦,到了快死的时候也会想个法子来宽慰自己。"搞不清余华这些关于"活着"的论说与西方人叔本华"哲学的起点是死亡"有什么关联。倒是鲁迅一百年前的"中国人向来不敢正视人生,只好瞒和骗,由此也生出瞒和骗的文艺来,由这文艺,更令中国人更深地陷入瞒和骗的大泽中,甚而至于已经自己不觉得"。"人生最痛苦的,莫过于梦醒了却无路可走。"且对国民性的批判最多的是"看客"和"奴性","哀其不幸,怒其不争",麻木、卑怯、自私、狭隘、保守、愚昧等词句频繁地,也可以说是不厌其烦、翻来覆去地出现在他的小说和杂文里。当年鲁迅弃医习文,立志唤醒中华民众的"民族的脊梁",恨不得扔掉"匕首",拿起可以喷出火焰的机枪,扣动扳机,对天对地对爹娘,

歇斯底里地为一个本来就也应该始终优秀的民族"鸣枪"，以期用划破夜空的"哒哒"，惊醒"假睡"的族人。

佛教的一条公理"一即一切，一切即一"，其意也就在于任何事物都有其共同性，而一切事物又可以融为每一事物，九九归一。进而也就是自然界的两个重要的普遍性规律：整体决定局部，整体是由局部组成的，由于整体大于局部之和，局部由整体主导；微观决定宏观，宏观是由微观形成的，由于微观的不确定性，大量不确定的微观构成确定的宏观。故而对任何事物及人的分析和评判，在一个与之相呼应的环境中，以全面和系统的观点来辩证客观地进行，独立的片段，甚至是主观而又局部，更甚是断章取义的"行为"，必然是错误的，甚至是"灾难"的，这样的教训在人类历史上数不胜数、祸害无穷。**看似"公理"的理解，最终的确是"生死"的代价。对事物本质的尊重，嘴巴上谁都会说，但人为的、自主的修为，却常常是背道而驰、南辕北辙、似是而非，以致把整个人类社会搞得颠三倒四、不知所措、天旋地转、人仰马翻。**不管是距今已有 3500 年、拥有 30 亿信徒之众的旧约圣经《出埃及记》，降至已有 1300 年、拥有穆斯林教徒 13 亿之多的《古兰经》，再到有 2500 年、拥有教徒 3 亿之众的诸多《佛经》，**也包括诸如犹太教、印度教、道教等在内的近达上万的各色各类教派所信奉的"教义"，尽管都以"五彩缤纷""绚丽多彩"的"封面"，力图展示着各自高尚的思想、深邃的内涵、伟大的追求，但纸张书墨，甚至是每张每页、字里行间，无不渗透出一股"血腥"的味道。**但就是发生在 1994 年 4 月 7 日至 6 月的卢旺达大屠杀，胡图族对图西族及胡图族温和派又组织的种族灭绝屠杀，就造成近百万人的死亡。获得了入围奥斯卡金像奖的《我是杀人魔王》纪录片，对发生在1965年9月30日的印尼屠杀华人事件做了真实的记录，短短的几天就造成数十万华人的死亡，其手段之残忍，场面之血腥，无不让世人震惊发指。看似因物质利益，或是"仇富""仇官"的贫富不均，实则背后无不有其深厚的宗教背景。历史上的十字军东征、法国胡格诺战争、中东战争，包括中国黄巾起义、太平天国运动，等等，无不都是以"上帝的名义""神的旨意"当作统一思想的"开路先锋"。**今日乃至未来世界的人类争斗，也无法摆脱"宗教"的"光辉"，一着不慎，同样会打翻"宗教的醋坛"，世界同样会因"理论思想"激烈争辩，而以"现代"的方式展开生死搏杀，酿成更加"血腥"的场面。**

　　上下五千年，纵横十万里；经纶数百家，出入千家言。一切诸相看似虚妄不实，尤其是形式的千变万化，随顺而变，经常是把非树的菩提、不台的明镜进行多余的修剪和除尘。一切因缘聚合形成的万物现象，都会如露水闪电，转瞬即逝，并运动着无穷的变化。正所谓：过去心不可得，现在心不可得，未来心不可得。**万事万物的千变万化，如同时间永不停息，过去将会更远，现在也会过去，即使未来也必定会成为过去。**如来者，无所从来，亦无所去，故名如来。19世纪俄国作家陀思妥耶夫斯基所说："不自我们始，也不由我们终。"莎士比亚在《哈姆雷特》中说："世上本来无所谓好和坏，思想使然。"心若无物，自然也就有了一砂一极乐，一方一净土，一笑一尘缘，一念一清静，更会是一花一世界，一草一天堂。流水下山非有意，片云

归洞本无心。莫言在《檀香刑》中有一句话:"世上的事情,最忌讳的就是十全十美,你看那天上的月亮,一旦圆满了,马上就要亏厌;树上的果子,一旦熟透了,马上就要坠落。凡事总要稍留欠缺,才能持恒。"如若你我不死只活,莫言肯定不应,阴晴圆缺,生老病死,是为道法的自然。庄子有"夫大块载我以形,劳我以生,佚我以老,息我以死。故善吾生者,乃所以善吾死也",达·芬奇也有"正像劳累的一天带来愉快的睡眠,勤劳的生命带来愉快的死亡"的感言,只是生死的观念体现了人与人之间的不同,但生的该生,死的必然,存在的消亡,自然伴随着精神的转变,并一直到永远。不然爱因斯坦也不会发出如此感叹:"我们这些活在世上的人真是奇怪!每个人来到世上只是匆匆过客。目的何在,无人清楚,虽然人们有时自认为有所感悟。"

 东坡"快活"

"人生若有不快活,只是未读苏东坡。"其不刻意为文,却文绝千古;不刻意为人,而名重九州。苏东坡一生仕途坎坷,屡遭贬谪,命运多舛,却又总是在人生的最低谷,活出人生的高境界。最为后人感叹的是他遭受的文字狱,莫名其妙地被上纲上线,治罪下狱百天,受尽折磨屈辱,其诗"遥怜北户吴兴守,诟辱通宵不忍闻"足以佐证,并写下了"是处青山可埋骨,他年夜雨独伤神。与君世世为兄弟,更结来生未了因"的绝命诗,只因多人包括皇太后为其求情,才保了性命,贬之黄州。"乌台诗案"让苏东坡鬼门关里走了一回,但从此走上儒士之路,为后世留下了一首首脍炙人口的诗词大唱。**一直没有把娱乐界的事当回事,因为在中国对从事"文艺"的人似乎有些今天是人,明天是神,后晌就是"牛鬼蛇神"的不确定的称谓**,倒是对一些不断在诸如诗词歌赋节目里表现出综合修养、展现了深厚功夫的"文艺人",不得不另眼相看。董卿在《朗读者》中,不小心说出的那一小段话:"能看见的美,永远都是暂时的,或者说是表面的,重要的是您还能在这儿,笑着说起这些事。"不知何故当时听了,真还有一种触电的感觉,想必苏东坡如能听到,也许会给一个点赞。苏格拉底的死直到现在还有人在"说三道四",甚至在做着肆意的曲解。当公元前399年因其触犯了统治当局的利益,便迅即

静山静水难静心

以"反对民主、腐蚀大众思想"之罪,被判处死刑,这对一生追求民主和真理的哲学大家来说自然是"莫须有"和奇耻大辱,但当他的学生和同情的人们为了营救,提供了逃生的机会时,他却断然拒绝,服毒自杀。后人的解释自然是对其气节和骨气的赞赏,但其对笃实信仰和挚爱的法律的捍卫可能是真正慷慨赴死的"动力",人类历史的发展,也用事实给予了"肉体虽死,精神永存"的回赞。

莫泊桑说:"人们只对不理解的东西感到恐惧。"这或许才真正道出了人们对死亡恐惧的实质。无意中听到一曲悲怆凄凉的曲子,甚至胜过了《二泉映月》的曲调,仔细一查居然是日本电影《203高地》的插曲,叫《那海会死吗?》歌词道:"活在这个世界上所有的生物,如果全部生物的生命,都是有限的话,那海会死吗?那山会死吗?风也是一样吗?天空也一样吗?可以相信短暂生命的光芒吗?无法言喻的希望。有人会离开,也有人回来。缺角的月亮,终于也到了满月之时。在我们的生活中,活在这世界上的所有生物,春天会死吗?秋天会死吗?我最爱的故乡和所有人,都会离开这世间吗?那爱会死吗?那心会死吗?"不管是人性的共同,还是假惺惺的"哀鸣",但海子《我请求:雨》中的"我请求在早上,你碰见,埋我的人。岁月的尘埃无边,秋天,我请求:下一场雨,清洗我的骨头。我的眼睛合上,我请求:雨。雨是一生的过错,雨是悲欢离合",应是真情的表露。美国诗人艾米莉·狄金森的《因为我不能停步等候死神》,尽管运用了其特别喜欢的四音步和三音步交替的四行诗节形式,以不完全韵律来努力营造轻松、舒缓的气氛,"因为我不能停步等候死神,他殷勤停

车接我,车厢里只有我们俩,还有永生同座……屋顶,勉强可见;屋檐,低于地面。从那时算是,已有几个世纪,却似乎短过那一天的光阴。那一天,我初次猜出:马头,朝向永恒",使人在对其理解的恐惧中放松,但是其创作也是现存的1775首诗中,关于生死的就占了三分之一,尤以作为"风格独特的天才诗人"在其《因为我不能停步等候死神》中把冷酷无情的死神,塑造成彬彬有礼的绅士形象,并努力把传统死亡诗的悲怆,演绎成高山流水般的顺畅,其情感思想的意想,通过诗的音符激荡,力图跨越冥王的阴暗帝国,实现生死的坦荡。有人把保罗·策兰的《死亡赋格》喻为战后欧洲画坛毕加索的《格尔尼卡》,并视为一段历史的"代言人",以《死亡探戈》的原型,升华而成的《死亡赋格》匠心独运,奇崛的隐喻、冷峻的描写、沉郁的反讥,不光是对纳粹集中营囚徒的痛苦和悲惨的写照,更多的是以一种新颖独特的悖谬手法:"清晨的黑牛奶我们傍晚喝/我们中午早上喝我们夜里喝/我们喝呀喝。"生命的牛奶,成了黑的饲料,不间断地"喝",表达了耐人寻味的纳粹对死神的肆意践踏和无辜生命面对死亡的极度恐惧。全诗短短六段,严谨整饬,淋漓尽致地把诗人保罗·策兰"逃出历史血腥的恐惧室,升入纯诗的太空","成为顶着死亡、暴力和虚无进行写作的象征"的"生死"观念,袒露在世人面前,并成为不朽,得到后人无数的感念。

 **关门开窗**

释迦牟尼说：**伸手需要一瞬间，牵手却要很多年。**无论你遇到谁，他都是你生命该出现的人，绝非偶然。佛又说：人生也是一次随兴的旅程，身体是灵魂暂住的客栈，对于茫茫无涯的时间而言，今生只是过客。只有千万年修得的缘分，才会将同一条路走了又走，同一个地方去了又去，同一个人见了又见。这世间有一种相遇，不是在路上，而是在心里；有一种感情，不是朝夕厮守，却是默默相伴。有佛又说：前世五百年的回眸，才换得今生的擦肩而过。今生相逢便是缘分，何苦去怨恨，何苦去仇恨。缘起缘灭，缘聚缘散，一切都是天意，我们应好好珍惜。**当为了一个或是无数个所谓的愿望或企图，拼死甚至是"挣扎"着握紧拳头，你所得到的却是空荡荡的"全无"，甚至就是"零"和负数。反倒是地当床铺、天做被盖，赤身裸体舒展四肢，"懒散"地仰望浩瀚无际的天空，任世间风吹、由世间雨打，倒是全身通透，心顿纯净，张开的双臂骤然拥抱住了全部的宇宙。**至于春风梅花，雨落新茶，路边海棠，燕子旷野，新竹跳墙，杨柳两行，清风徐来，水波不兴，煮酒英雄，仗剑天涯，也就成了自然。夕阳西下，朝霞托日，春耕秋收，天地公道，云烟眼前过，青菜萝卜伴，离离合合，盈亏福祸。**世间事有时却是最快的最慢、最长的最短、最平凡的又最珍贵，诸多诸多的无言以对，根本就

无须用生命去面对。跌跌撞撞的时光，来来回回的岁月，在不经意的转身间，埋没了多少过往；在挑眉回眸的一瞬，看懂了无数的世事沧桑。期望的累加，以致失落的太多，有限的生命也就极易碎落满地，就连生死的故事也因此搅和得不知你我。当年"江南国主"李煜为其亡妻写下的《临江仙·秦楼不见吹箫女》："秦楼不见吹箫女，空余上苑风光。粉英金蕊自低昂，东风恼我，才发一衿香。琼窗梦醒留残日，当年得恨何长。碧阑干外映垂柳，暂时相见，如梦懒思量。"即使是如此这般的儿女情长，到头来也只能用一曲一诗一词来表达心中"一江春水向东流"，无奈的只是回忆的痛苦和落花流水，不论是昔日繁华还是恩爱情缘，都随风吹雨打而去，不再回还。故耳边有"不属于你的雨伞，何不淋着雨走"？当一切的努力变得无限的渺茫、一直的相处根本听不到回响、一味的谦让仍自以为是，不如张开双臂、剪开绳索、卸去铠甲，并撕开结痂的油彩脸谱，把心落地归零，以自然的境界，去感受清爽的风、温柔的雨和五彩缤纷的光。人心本无染，心静自然清。删繁存简，处世如莲。云静得以悠闲，水静滋养万物。节节文字，阙阙诗词，深深浅浅，平平仄仄。喧嚣尘世间，守一份清静，舍不必的热烈，放下也就解脱，是你的终归是你的，不是你的白送也不要。昨日已去，明天不知，看清脚下，就什么也不怕，生死也不在话下。

　　门关上了，窗却打开。失去的东，回馈在西。累的是想要，难的是欲望。一个时间的过客，必是空空而来，光光而去，在生死的"马车"上，风光无限，也或尘埃漫天，

三十三 关门开窗

不过只是一晃一闪，即使是一哭一笑、生死打闹，根本也无碍星空的辽阔，阳光普照。"提起千斤重，放下二两轻"，一念放下，万般自在。杯水外溢，烫手自放，一切的不舍，所有的不放，只是不到疼的时候。拿得起不一定就生，放下了也不一定就死，细观品茶的姿态，无外也就是拿起放下。放下诸多事，心中自然安。真正强大不是坚持的力量，而是放下的洒脱。"不在乎"的强悍，裂变的不光是看似的"玩世不恭"，而是心理的坚强和气质的果敢。活着难，难称世人心；活着累，累在"自己人"。悲欢离合终将收场谢幕，收兵的鸣锣或许还没敲响，已奏起了灰飞烟灭的尾曲，伴随着懵懂、浑噩、空虚、孤寂，一些时候、一些人其实只是故事里的路人丁，蓦然回首，竟是回头无岸，且只能迈步向前，即使是再挪一步是断崖。许多的身不由己，致使心不能已。自襁褓到坟墓，就是有个再好的名字，到头来连一粒尘埃都不如，没人记得住，更不会有人捡起来看。每个人心中自掘的墓穴，其实待葬的是未亡的凡人。一念起，则万水千山；一念灭，是沧海桑田。经不住的是似水流年，逃不过的是此间少年。悲伤着的别人的故事，瞬间就忽然在自己的眼前。不知道三世的烟火，可否换一个字的笔画。苏轼有："一别都门三改火，天涯踏尽红尘。依然一笑作春温。无波真古井，有节是秋筠。惆怅孤帆连夜发，送行淡月微云。尊前不用翠眉颦。人生如逆旅，我亦是行人。"如若加法爱人、减法去恨、乘法感恩。得失之后才知道淡泊的好，成败教训明白了通达的对，经历了生的过程才知道死的"贵"。"难得糊涂"匾是聪明人喜好的牌，但

151

真正做起来就不知道有多少的烦心和苦恼。**当一半做成了铺路台阶的石头,真正明白另一半要经受"千刀万剐"才"出落"成万人朝拜的佛像时,生便活得潇洒,死也亡得坦然,被千人踩、万人踏又能算个什么!**

 "完人"王阳明

中华五千年，真正能做到了"立德、立功、立言"的，史上有说只有两个半人，即：孔子、王阳明各算一个，而曾国藩只能算半个，数第一的大多数后人认为是王阳明，这不仅仅是因为孙中山、梁启超、张居正、曾国藩，包括蒋介石，还有日本的东乡平八郎、稻盛和夫等是其超级粉丝，更主要的可能还是因其是战功无数、从无败绩的军事家，是提出致良知、知行合一、开学立德的教育家，是创立了与程朱理学分庭抗礼，誉为儒学又一宗心学的革命家。其参破生死，尽性知命，特别是在《传习录》中静对弟子萧慧请教"生死之道"的"知昼夜，即知生死"的解答，及临死时微笑对门人周积说："吾心光明，亦复何言！"绝不只是作为旷世完人一代大儒人生风范的标签，其追求忠信礼义的生死价值，以及对道德使命的笃行，更是有其豁达贯通超越生死的大哲智慧。在生死的关头，人们无不或多或少地以不同的形式对一生进行反思甚至是检讨，故而也就有了不同的态度。而王阳明之儒家"乐天知命"的"任命"观，不光是对命运之中冥冥自然力量的认同和顺从，更多的是对"使命"之命关于责任义务的"安身立命"。对待无法抗拒的命运，其"俟命"的态度，只是对"使命"未遂的不甘。其一生命运多舛，无数次地面对死亡挑战，也一直表现出对生命的难以割舍，但及至使命达成，

立就的是从容、坦然和淡定。孔子"无求生以害仁,有杀身成仁",孟子"舍生取义""饿死事小,失节事大",王阳明更是继承并光大:"只为世上人都把生身命子看得太重,不问当死不当死,定要宛转委屈保全,以此把天理却丢失了。**忍心害理,何者不为?若违了天理,便与禽兽无异。便偷生在世上百千年,也不过做了个千百年的禽兽。**"**不该死,故不应死,但当死不死,势必违害天理,性同禽兽**。死得其所,死有价值是其一生的标榜。"生死命道。""朝闻道,夕死足矣。"之后司马迁"人固有一死,或重于泰山,或轻于鸿毛",正是对历代儒家信奉的生死观的最有价值的概括。当人们意识到并不断感悟到"致良知"不再是一般字面上的对《孟子》"良知"和《大学》"致知"学说的综合,而是蕴含了王阳明自幼对生命的探索,乃至是对生死观念的升华和超越时,"**致良知**"的推崇,**不但体现了一般意义上儒家的超越生死的理道,而且是儒学哲学大家生死超越观的理论表现**。作为儒家思想的传承人,努力修人伦、建功业,以丰功伟绩获得生命的不朽和对生死的超越;作为哲人,则从理论上获得安身立命之说和解脱生死之道,因之使得"致良知"不仅有了形而上学的理论意义,也充分释放出极具现实性的实践品格。既不等同于一般民众朴素思维的生死超越观,也不是哲学家们纯粹思辨高深的超越生死说,他即世又超世,平凡又超凡,是典型的儒家高明而又中庸的生命大智慧。其以儒为主,兼取佛老,平衡入世出世,以有摄无,以无化有,把儒家的责任使命和佛老的洒脱飘逸平衡成"以天地万物为一体"的"无心则无身,无身则无心"的思想阐述,从而也就修炼了

二十四 "完人"王阳明

空蒙世界,从容心境

"此心光明,亦复何言"的至高境界。

酒是火焙的人,茶为水沁的神。红尘中的纷纷扰扰,无不在三杯两盏淡酒中醉聊,凡间的东南西北又有哪样不是在紫砂清茶中消磨。苏轼"寒食后,酒醒却咨嗟。……且将新火试新茶。诗酒趁年华"。"世事一场大梦,人生几度秋凉?夜来风叶已鸣廊。看取眉头鬓上。酒贱常愁客少,月明多被云妨。中秋谁与共孤光。把盏凄然北望。"白居易"绿蚁新醅酒,红泥小火炉。晚来天欲雪,能饮一杯无"?"坐酌泠泠水,看煎瑟瑟尘。无由持一碗,寄与爱茶人。"纳兰性德"被酒莫惊春睡重,赌书消得泼茶香,当时只道是寻常"。李白"呼儿将出换美酒,与尔同销万古愁"。辛弃疾"少日春怀似酒浓,插花走马醉千钟。老去逢春如病酒,唯有,茶瓯香篆小帘栊"。韦应物"我有一瓢酒,可以慰风尘"。李涛"茶饼嚼时香透齿,水沈烧处碧凝烟。纱窗避著犹慵起,极困新晴乍雨天"。鲁迅说有好茶喝,会喝好茶,是一种清福。林语堂也说只要有一壶茶,不论走到哪里,人都是幸福的。……罗列之后,突然间就有了对"万丈红尘三杯酒,千秋大业一壶茶"的认同。**茶性自然,饮之悠然,细品一缕香,漫淹尘世愁。在抬手伸指之间,没有了周遭,忘却了忧愁。三五知己,火炉围坐,窗外雪飞,对酌新酒,彼此的红霞,瞬间就升腾起玫瑰茎的香薰**。"三杯吐然诺,五岳倒为轻",骨子里的豪情万丈,又岂是装腔作势可得其万一。而又严冬的酷寒,唯有朋友你我,把盏浮生酒,樽前笑风尘,醉眼四处看,不知谁是谁!

 **"想死"的人**

活着的自己都在说着明白。但清水无鱼，人清无友，赤裸着就地一躺，似乎好像就在天堂，反倒是金碧辉煌里绫罗绸缎的人们都在愁眉不展。**退了一步，海阔天空；不让一寸，走上绝路**。沧海桑田，世事变迁，今日的昨天，明日的今天。除脱多余的附加，剩下的都是骨肉相连。**本来的孤独，人之天性，越是喧嚣处，其实最孤独**。王安忆说："人其实都不是累死的，而是烦死的。"把心放稳，自走自路，狮子的孤独表达着强大，群居的羚羊是弱小的表现，喜好并孤独着的人，就自然地露出原本的"霸道"。也只有在孤独中的心静如水，才使得在纷扰中安然无恙。**如若放过自己，就是真正的放生**。把墙上的几滴污浊无限放大，眼前就会一片黑暗；当人生的片段不易，或是挫折，甚至是失败，被粘连在思想的灵魂，不但会痛苦一生，也必然会作贱生命。世界上最难称的是人心，生活里到处都是可能的不易。**许多时候的许多事，想通了就是天堂，塞住了就是地狱**。生命起始的机缘，早就在精子和卵子的宇宙爆炸声里，决定了一切必然中的偶然。有意的栽花不开，无意的插柳成林。刻意很难得到，不期的反倒相遇。活在世上的人们活出万千种人生，尤其是在繁纷复杂的当代，回归、放下、解脱竟成了一种奢侈。能给自己留着一扇窗、开着一面门，让初始的本质自由地进出又是何等的欢心。

心是一切的起源,当心的意愿被眼前的世界搅动得千奇百怪,以一个优雅的姿势扬头甩发,看云卷云舒,世界的美好漫游在碧蓝的天空,心的温柔瞬间感染四周,草绿花香,自然是一片艳阳。仓央嘉措的酥油灯花和冰花,不管是高耸入云的冰山,还是地热岩浆的火山,不一定就演绎成"还没失望的希望"和"还在希望的失望"。忽然间的闲人俗语,譬如:曾经江湖策马,如今醉罢看花;往日沧桑已远,何谓尘世浮华?独对红尘一曲唱,醒来快活醉了狂;古今多少事,我唱罢了你登场。静听雨洗红尘,细品幽梦花前;抛却江湖浮华,偷得半世安闲。江湖闲梦,淘尽英雄;大象无形,大音希声必会引发心的共鸣。又如:**心中有闲乐无边,半壶清香品一天;虫语花香常相伴,饿了吃饭困觉眠**,也就成了一种幸福的自然。

当感慨托尔斯泰的"要是一个人学会了思想,不管他的思想对象是什么,他总是在想着自己的死"时,就不由地再叹前人陶渊明在其《饮酒》后发出的感叹:"一生复能几,倏如流电惊。鼎鼎百年内,持此欲何成!""死去何所知,称心固为好。客养千金躯,临化消其宝。""运生会归尽,终古谓之然。"这些不仅是对人生易逝的感叹,是对死亡的理解,是对生死轮回的认识,也如同托尔斯泰所说"学会思想"的人"总是在想着自己的死"的一种状态。托尔斯泰给予了思想者"死"的负担和痛苦,而陶渊明则是对一闪而过的人生瞬间,给予的是人生如蚁的轻描淡写,尤以对死的看透也充分表达了自然的洒脱。公元427年的秋风里,63岁的陶渊明自知生命于己不多,写下了被视为中国历史上为自己写祭文的鼻祖《自祭文》,祭文最后一

三十五 "想死"的人

句:"人生实难,死如之何?"不仅仅是对自己人生曾经"箪瓢屡罄,絺绤冬陈"家境贫寒的感触,更多的是表达"匪贵前誉,孰重后歌"的既不在乎生前的美誉,亦不看重死后赞颂的真性本情。反嚼柏拉图"哲学就是练习自杀",自然不是真的要人去死,而是其受到古代奥菲斯教派思想的影响,认为人的灵魂不断轮回,身体只是灵魂的地狱,只有死亡才能使灵魂真正得到自由。叔本华不知是受到柏拉图的影响还是自己某日的突然"混沌",同样发出了"最高的道德就是自杀"的"呐喊"。当然叔本华的印度教经典的"求生存意志",认为生命的本质就是意志,而意志就是为了活下去的欲望,并以人生犹如摆钟为喻,自始至终摆荡在欲望和无聊之间,即为:**未得到的欲望,使人痛苦、烦躁;满足了欲望,又感到厌烦和无聊**。当然柏拉图没有自杀,叔本华也没有自尽,特别是叔本华以发展艺术的审美情操和提倡宗教信仰的"解套",却也不失为使"人"的自我,能与他人成为可以和谐共融的兄弟姐妹。至于后来柏拉图的"身体是灵魂的监狱,灵魂才是真正的自我",对芸芸众生而言,也就是说说而已,如若当真,柏拉图和叔本华九泉之下,自是不得安生,甚至会发出"死的最高境界就是赶紧投生",这倒也回应了他们活着时关于身体和灵魂的"害人"邪说。

不论是"死亡诧异""死亡渴望",还是"死亡漠视",以至于"死亡直面",囿不同时期的社会、科技乃至思想意识的发展、进步和跳跃,标志了不同的哲学观点。西方哲学的代表人物苏格拉底、海德格尔、笛卡尔、康德、黑格尔,中国的老庄、王阳明等,都对死亡的内涵和外延给予

了不同的阐述,但归宗合一又都无不认为生死的科学性、文化缘和社会观,至于对到底是"生而上"还是"死而上"的认知,丝毫无碍生死的终极存在。也正如庄子强调的只有"外省生""以生为丧,以死为反",方可"朝彻""见独""得道",就是说,**只有窥透了生死个体的有限,才能获取对生死全体的认真**。"死与向死"是自然的归宿。一切指引的结束都是一个必然的结果:死亡。无法回避的死亡就是无法抵御的结局。诗人纪伯伦说:"当你解答了生命的一切奥秘,你就渴望死亡,因为它不过是生命的另一个奥秘。生和死是勇敢的两种最高贵的表现。"**西方世界里早期的"现世虚妄"观,本身就充满了矛盾和冲突,面对物欲横流的现实社会,在极力"抗争"、表达着"高尚",同时,又被残酷"蹂躏"得狼狈不堪,只有靠哲学家们的"艺术"笔墨,以"抽象派"的"印象"形式,精准地描绘出"精神的骷髅"**。

"一体两面",自然不是"一分为二"。但作为人,以及世界无物的一体两面,确实真实客观地存在。关于"唯物"还是"唯心"的纠缠,只是对客观存在的两种"谈判",尤其是现代科技的飞速发展,一切的未知,瞬间就会成为"艳阳蓝天",甚至是一切的不可能,即刻就成为完全的现实。肉体的"精神"和精神的"肉体",完全就是一种自然的互换。"天尊地卑,乾坤定矣。"精气为物,游魂为变,是故鬼神之情状。**生死一体,齐同生死**。"不知说生,不知恶死",故有"古之真人,不知说死"。佛教《华严经》的"唯心所现"和"唯识所变",似乎能解说宇宙人生的事实真相,但诸子百家的"奇形怪状",特别是客观世界的事实

三十五 "想死"的人

齐生共死,生死一体

真相,又挑战着关于"生的天堂"还是"死的地狱"。传说中的得道成仙之人,生死不入于怀,活着是睁眼做梦,死了是闭眼想事,生死之事无外就是眼皮一开一合、一闭一张。"积聚皆消散,崇高必堕落,合会终别离,有命咸归死。"所以"生者寄也,死者归也"。**生命的本性动一动,自然就会静一静**。至于现在吵闹的一个叫陈果的关于"对生死的窥探,恐惧来源于对未来的无知"的标题,估计就如同当年于丹讲解《论语》一样,是无比正确的"统词"和"放之四海而皆准"的真理。

"哲学即死亡的排练。"当原本对哲学毫无兴趣的柏拉图因与苏格拉底的"相识",并受其精神的鼓舞,毅然决然焚掉自己全部诗稿,踏上献身哲学的坎坷之路,其对鉴别真正的哲学家的判断标定为有无自觉的死亡意识,并态度鲜明地认为,那些缺乏自觉死亡意识、对死亡问题看不破和透不过的人,学识再渊博、著作再丰硕,充其量也只是一个卖弄"辞藻"的"学者",只有那些矢志不渝追求死亡和走向死亡、专心于从事"死亡"的人才配得上"哲学家"的头衔。在柏拉图看来,哲学是一种必须经过"死亡"这道门槛的学问,即为"死亡的排练",对真正的哲学家而言,死根本不是一个问题,而是要在追求死和走向死的过程中,探索真善美和指引人类前进的普遍规律。叔本华也说:"死亡是给予哲学灵感的守护神和它的美神。""如果没有死亡,恐怕哲学也就不成为哲学了。"以叔本华的观点,人最大的"宝贝"就是生命,而敌人就是死亡和因为必须面对死亡带来的恐惧。马克思在其著作《关于伊壁鸠鲁哲学的笔记》里也有"辩证法是死"和"死亡是不朽的本原"的论断。关于死亡的必然或偶然其实根本就不值得纠缠,如是因为做学问要搞个"理论成果"倒是情有可原。黑格尔"生命本身即具有死亡的种子"和"生命的活动就在于加速生命的死亡","死亡"是"天条",自然界的人们无法也不可能抗拒和规避,且是一律的平等。**帝王将相、才子佳人**,都会在"死亡"之神面前打回原形。故而费尔巴哈就有了"死是最坚定的共产主义者;它使百万富翁与乞丐、皇帝与无产者,都一律平等"。至于布鲁诺的"活死人""死活人",其实就如同"有的人活着,他已经死了;有的人死了,他还活着",其实质不是"死"而是"生"。作为西方哲学家的尼采也有"当你们死,你们的精神和道德当辉灿着如落霞之环照耀着世界;否则你们的死是失败的",并竭尽全力地呼吁人们尽量避免"失败的死":"我如是愿意着死,使你们朋友们为我之故而更爱大地;我愿意复返于地,使我于诞生我者之地中得享安息。"孔子谓"杀身成仁",孟子有"舍生取义",司马迁有"人固有一死,或重于泰山,或轻于鸿毛",庄子则认为生是偶然,死是必然。当然毛泽东的"人固有一死,或重于泰山,或轻于鸿毛。为人民利益而死,就比泰山还重;替法西斯卖力,替剥削人民和压迫人民的人去死,就比鸿毛还轻",更显得有特别的立场。

三十六　好死赖活

"好死不如赖活。"活一天是一天,至少活着还能睁睁眼,死了就什么也不知道了。在中国人的传统生死认知里,生远大于死,生比死更需要勇气,死是逃避、是怯懦,而很少注意到涉及的尊严,**只要活着,即使是苟且地活着,也是一种胜利**。"治!坚决治!就是能活一天,砸锅卖铁,倾家荡产也要治!"这是绝症患者大多数亲人共同的声音,且坚持:**活着就比死了好**。即使是被手术刀"千刀万剐"的病人,甚至是被机器维持着的植物人也还是坚持着。尼采说"不尊重死亡的人,不懂得敬畏生命"。现实生活中能像琼瑶阿姨和巴金爷爷的又有几人?汪峰的《存在》唱道:多少人活着却如同死去,多少人爱着却好似分离,多少人笑着却满含泪滴,谁知道我们该去向何处,谁明白生命已变为何物,是否找个借口继续苟活。当年臧克家写给鲁迅的诗有:"有的人活着,他已经死了;有的人死了,他还活着。"《我选择,有尊严地死去》的作者法国女记者玛丽·德卢拜,在其56岁时知道自己颅脑内长了6个恶性肿瘤已无法救治时,面对家人和社会的规劝,毅然决然离开不许安乐死的法国,前往比利时完成"合法安乐死",并用笔记录下自己生命中最后6个月的所思所想和走向死亡的感受。书中满是足足的正能量,其用生命来记录生存,不但是面对死亡的勇气,而且表现出在死亡面前的从容不迫和人的尊严。**死是不可回避的终点，然死的过程却是对生理和心理的严峻挑战。当死亡被剥夺了公众属性或社会本性的价值时，它所给予的痛苦和恐惧就全部由"自己"来承担，而认知和寻求一种"优雅"的死亡姿势，选择有尊严的死去，是生命尊严不可或缺的内涵**。玛丽·德卢拜写道："我们会再见的，我坚信。这才是我的希望，而不是那些不得不做的治疗。只有希望能化解我的恐惧。面对虚无的恐惧，面对身体深陷寒夜的恐惧。我们所有人都会再见的。我知道。"**不求死，而为生，是真正意义上的向死而生**。

帕斯卡尔说："人只是一根芦苇，是自然界最脆弱的东西，但他是一根能思想的芦苇。用不着整个宇宙都拿起武器来反对他，一口气、一滴水就足以致他于死命。然而，纵使宇宙毁灭了他，人却仍然要比致他于死命的东西高贵得多，因为他知道自己要灭亡，以及宇宙对他所具有的优势，而宇宙对此却是一无所知。"生是死的对立，要想有尊严、有意义的活，就必须认真地思考死。在平常和幸福的光阴里，大多是希望长生不老、寿比南山，甚至还来个"吾皇万岁万岁万万岁"，而当沮丧、挫折和艰难时，又会绝望地发出"生还不如死""死了、死了，一死百了"的叹息，故而也就似乎明白了尼采的"自杀的可能性拯救了许多的生命"。作家史铁生说："死亡是一件无论如何耽搁也不会错过的事。"余华在其《活着》韩文版的自序中关于"活着"的解释是："作为一个词语，活着在我们中国的语言里充满了力量，它的力量不是来自于叫喊，也不是来自于进攻，而是忍受，去忍受生命赋予我们的责任，去忍受现实给予我们的幸福和苦难、无聊和平庸。"其实他们都是

在以自己的思想和人生历悟,来表达生命的真实、无奈和自然,以及高贵、卑贱和可能该有的尊严。

湖南长沙马王堆出土的《十问》有中华古代先贤尧舜的对话:"尧问于舜曰:天下孰最贵?舜曰:生最贵。"《易经》有言:"天地之大德曰生。"孔子曰:"天地之性,人为贵。"《黄帝内经》也说:"天复地载,万物悉备,莫贵于人。"孙思邈《千金要方》的名言是"人命至贵,有贵千金"。古之先贤既颂扬生命的价值,又把人放在生命价值顶端。生死俱善,存顺没宁。荀子有"礼者,谨于治生死者也。生,人之始也;死,人之终也,终始俱善,人道毕矣。"庄子说:"得者,时也;失者,顺也,安时而处顺,哀乐不能入也。"宋代的张载更进一步说:"存,吾顺事;没,我宁也。"可以看明白的是,以先贤们为代表确实影响了中华传统文化的生死观念,除了期盼善终,也"同意"择死,庄子以死"为乐",儒士"舍生取义",等等。这种生死俱善、顺存没宁的理念,不仅体现了顺应自然、遵循天道"明智",而且表达了努力尽善尽美的聪明和中庸。**当然智慧的表达不是"投机取巧",中庸的态度也不是"模棱两可"**,自古就有的重生讳死,并不单是为了迎合普通人的"生命"。孔子"未知生,焉知死"六个字的生死感叹,不光是人们至今最为熟知的生死名言,而是直接影响着并主导了中国人的生死观念。字面上讲:生都没搞清楚,哪知道死是如何?但其中含蓄的深意,的确让人玩味,不然也不至于时至今日,大凡有点"思想"的人,谁都不能就此"说三道四"一番,看似是对生的不解,实则是对死的"至要"。孔子的"死生有命""亡之,命矣夫",其实也都是对生死自然的道理阐发。《尚书·洪范》"一曰寿,二曰富,三曰康宁,四曰攸好德,五曰考终命"的人之五福说,把寿终正寝的善终作为福事之一,与荀子等人的"生死俱善"同为一理。苏格拉底临刑前历数死亡之美,其中影响至今的"对死亡抱着乐观的希望"名句,不光是影响了希腊乃至欧洲人,同样也为传统的东方人,自然也包括中国人所乐道。**基督教的生是上帝造,死是上帝要;佛教的"涅槃重生",出门入户;伊斯兰教的真主召唤,都给予死亡至上的关注,尽情丰富内涵,更多的是以超凡脱俗的"圣人"形象,专心致志地与死亡对话、理论和商榷,以期开化常人,普度众生,拯救心灵。**

**生死的起承转合,本身就是再也透明不过的艺术极品,并自然跳动着激荡的乐符、翩翩起舞,自然到赤裸、协调到恒久、循环到不朽。可人们喜谈生,避说死。相对于对待死亡的态度,即使是传统的中国现代人仍是更希望从死亡的"旗幡"中寻求生的奥妙和力量。而对"生死"问题不以为然的人来说,生存还是毁灭,不仅是个现实问题,而且应是每天必须面对的严峻问题。道理明白过来,就如克尔凯郭尔在《恐惧与颤栗》中所说"唯不安者才得安宁",同理也可以演绎为:唯"想死"者,才得"永生"。在巴黎最有文化气息的地方绝不仅仅是左岸的咖啡馆和右岸的博物馆,而是三大公墓。有人说,如若没去到三大公墓,你就没有真正到过巴黎。毕竟在那里安葬着无数闻名世界的文学家、艺术家和音乐家。那里没有一般概念中的阴森和恐惧,更没有"鬼火"出现,而相反的是阳光普照和络绎不绝的游人。以至于许许多多的法国人,也有许许

多多的"外国人",为能在公园墓地周围有套住所而感到骄傲。仅是拉雪兹神父公墓就有大文豪王尔德、普鲁斯特、巴尔扎克,音乐家肖邦、吉姆·莫里森以及艺术大师德拉克洛瓦、莫迪里阿尼、柯罗,当然最受欢迎的王尔德墓碑上留下了无数女性敬慕者的唇印。而蒙帕纳斯公墓是巴黎最为干净的地方,也是巴黎魅力风情表达的地方。包括中国的潘玉良在内的世界级的精英如雪铁龙、萨特、莫泊桑和波德莱尔等都安葬于此。尽管蒙马特公墓没有拉雪兹神父公墓的恢宏,也没有蒙帕纳斯公墓的精致,但又无处不充满了俏皮和灵动,这或许是因为德加、左拉等艺术家和诗人长眠在此的缘故。**艺术的魅力不光是让生活变得五彩缤纷,更让人感动的是它同样让死亡变得魅力四射**。由梁思成和林徽因的侄女林璎设计的美国越战纪念碑,不光是因为记载了那场旷日持久长达20年的战争,参战人数270万,死5.8万人,伤30多万人,是谓美国历史上最为黑暗的一页,也是骄傲自大的美国人心中永远不可愈合的伤疤。不可否认的是,时至今日能让人们每到那座"V"形的纪念碑下,就禁不住热泪盈眶,痛哭流涕,不能不承认林璎独具匠心的设计和对生死逻辑的把握。如她所说:"首先要接受和承认痛苦已经存在,然后才有机会去愈合那些伤口。而当你哭泣,最后在苦痛中沿着碑身前行,却愕然发现黑暗逐渐延伸并消失,眼光越过黑墙照射在你的脸庞……"。奥地利国宝级艺术家、维也纳分离派的创始人古斯塔夫·克里姆特,在英国《泰晤士报》2009年公布的有140万人参与投票选出的"20世纪最伟大的200艺术家"中仅次于毕加索、塞尚,位列第三,不仅是因为其作品《阿黛尔·

三十六　好死赖活

回眸的一瞬，竟是泪流满面

布洛赫·鲍尔像一》在2006年以1.35亿美元拍卖,并被称为"奥地利的蒙娜丽莎",而且因为其《死亡与生命》中左边一具骷髅和右边不同年龄、不同性别、神态各异紧紧相抱的人们,既表达了死亡的难免,也是用艺术的手法告诉人们他对生死的理解:**在生死面前,所有的人都是平等和渺小的,即使是再辉煌的生命,于茫茫宇宙而言,也不过是如同水滴般转瞬即逝**。梵高作为一个在艺术中燃烧至死的孤独者,当他面朝太阳,扣动扳机,倒在他倾注激情作画的麦地时,"梵高回首的瞬间,已然泪流满面"。正如他在写给弟弟提奥的信里所说:"如果生活中不再有无限的、深刻的、真实的东西,我将不再眷恋人间。"突然间感觉到日本小女子、当然也是世界公认的前卫艺术家草间弥生的"若不是为了艺术,我应该很早就自杀了"和"艺术让我明白了生死与众生",真还就应是日本国宝级大师的表现,似乎并不是一个精神病人的胡言乱语。佝偻着背,嘟着嘴,瞪着大眼,但眼珠几乎不动,在自己的世界里,肆意涂鸦。圆点和精神病,成了她一生的符号,而艺术天后、精神病人、圆点女王、日本怪婆,都难以概括她"稀奇古怪"的一生。一个自称为"现代版的爱丽丝"的85岁老人,却拥有8岁女孩的"童真",但其一句"我已到达天堂",又使人理解了她"过去我的创作主题多聚焦生死,现在我更关注的主题是对宇宙神秘性的敬畏……"。天堂中还是地狱里的人们不一定怎么待见"艺术家"的成就,倒是自然的人们在"炒作"着,先先后后的"大师""明哲",并赋予荣誉,授予桂冠,力图达到对当下自我的"欣赏品味",更有甚者以此来体现自己厚实的艺术内涵和对人类历史文明的多么崇拜。但不论是梵高、赫尔曼·梅尔维尔、埃德加·爱伦·坡，还是约翰尼斯·维米尔、亨利·戴维·梭罗、巴赫、莫奈，等等，如若在天有灵，是不会感谢后人的"尊重"的，更多的是觉得怎么如此这般搞笑和无聊。天国中的他们生前只是用自己的笔墨、乐符，表达着所思所想所愿，以及对生死的基本考量，结果是被"扭曲"得"七零八落"，更有甚者"断章取义"，肆意糟蹋，并可怜着一些"强盗"，或是"大王"借此为自己涂脂抹粉、胡说八道。

三十七　天堂地狱

有人说爱因斯坦对人类最大的贡献就是说出了"物质就是能量"。我们所处的世界的一切所见所闻、万事万物皆由能量形成,物质只是能量的一种形式。自然包括了我们的耳鼻喉眼、江河湖泊以及日月星辰。所视非实,不见为真。权威的量子力学说:每一个原子的内部有百分之99.9999是空的,以闪电般的速度穿梭在这些空间中的次原子,其实都是一束束振动的能量,这些能量不是随意地振动,而是携带讯息地振动,进而把讯息传送到宇宙量子,从而创造物质世界,成为我们所看到的实相。科学家爱丁顿说:"我们总是认为物质是东西,但现实它不是东西;物质比起东西而言更像是念头。"也正因人们一个个闪亮的"念头",也就有了牛顿的三定律、爱因斯坦的 $E=mc^2$ 公式、霍金的"人类在1000年内一定要搬出地球""2032年有其他星体撞击地球"等诸多想法,以及达·芬奇的"密码"《蒙娜丽莎》、梵高的《向日葵》系列、肖邦的《波兰舞曲》和弥尔顿的《失乐园》。不一定准确的说法:**生死其实就是"念头"的感觉,"生"是思出来的,"死"也是想出来的。**正是因为"思想"的负荷,使得这些能量得到适时的转化,进而不断地实践自我。喜怒哀乐、悲喜交加、贫穷富有、高低贵贱,包括天堂地狱都是"思想"的表现。英国诗人弥尔顿在其名作《失乐园》中有句名言:"心是居其位,只有一念间;天堂变地狱,地狱变天堂。"**地狱天堂,生死转换;只需一念,世界改变**。小的连显微镜都看不到的原子,轻而易举瞬间就可以让十多万日本人在广岛和长崎丧命。也正如原子有如此的能量一样,人们相似的思想,因相互吸引,互为产生"核变"的能量,聚在一起,也就形成了物质世界。"我思故我在"是有道理的。**哲学家的笛卡尔和科学家的爱因斯坦并不矛盾,而是两束原子"思想"的交集,在探知物质和精神世界真理的道路上,"唯心"的笛卡尔和"唯物"的爱因斯坦竟是如此的"君子"般的和谐**。

莫言《来不及等待》因主人翁没能等到在一个特殊的日子戴上一条漂亮丝巾,却已离世而诱发出"每天都是特殊的日子"的人生感悟,更是借用了不知哪位无名氏的一句台词作为收尾,也就是:你该尽情地跳舞,好像没人看一样;你该尽情地爱人,好像从来不会受伤害一样。时光流逝,岁月无情;斗转星移,生命前行。没有回程票的生命,失去就很难找寻。李小龙有句不像是"练家"说的话:"生是一个等待死亡的历程。"此话虽然消极,但又是不得不认同的实理,只是"等待"分量似乎更加重了些。其实人自出生就在排队等死,医生可能做些维护秩序的"安保",做着防止插队的努力,故而在排队等候的时候,就该尽力做点什么,本就可怜的只有一条"死路"的"生",不该为了不耐烦的"等待"随意的插队、"加塞"。应该明白的一个道理是:一个回避死亡问题的人,永远不会真正成熟;一个不能直面死亡问题的族群,永远不会深刻,也自然无法真正解决生存问题。**有限的生命和无限的欲望,死**

天堂地狱,生死转换;
只需一念,世界改变。

亡的必然和生存无限的宿命，往往又激荡起现代人极度烦躁的心寰。在人们眼里，马克思是"无比伟大""完美无缺"的，但如若仔细地研究一下他的家庭，特别是和恩格斯的来往书信，就不难看到一个伟人光环背后的真实和平常。马克思不仅是个病人，还是病人的家属，是病人的丈夫，是病人的父亲。其一生都在和死亡打着交道：今天妻子生病，明天女儿去世，因为抽烟喝酒再加熬夜，先得肝病，后犯痔疮，浑身上下都是毛病，清静的日子也没过几天，一直在和死亡进行着斗争。在和恩格斯的通信里，写得最多的并不是那些"革命的理论"，反倒是大篇幅的想法借钱，当然是为了给妻女和自己治病，就是 2 英镑的稿酬也不会忘记提醒恩格斯尽快还。**在人类由生到死的时间顺序上，似乎很难排列出类似于门捷列夫化学元素周期表、珠算口诀以及圆周率那样可以人为，或是依照喜好的排列组合。死亡对人类世界乃至所有的生命而言，是不可能以人的意志为转移的。**

　　生与死的较量，并不见得一定是"真枪实弹"，反倒是"刀光剑影"更多了些。"精神者，天之分；骨骸者，地之分。属天清而散，属地浊而聚。"中医里的人之阴阳二气和合而成，变幻无穷，囿于常人的有限感官，只有及至质的嬗变，才猛然发现。"形，必终者也；天地终乎？与我皆终。""不生者，非本不生者也；无形者，非本无形者也。生者，埋之必终者也。终者不得不终，亦如生者不得不生。"生与不生、死与不死；有与无形，无与有形，终归于一个必然的地点，一切的企图不变都是枉然，生死的转变只是形态的互为交换，怕死恋生尽管情有可原，但又不得

不觉得"可怜"。世间之事，什么都可改变，唯有不变的就是一个"变"字。而俗世的种种"诱惑"，又打乱了生命本真的实质内涵，返本归真的理念，其实早在先秦诸家就已展现。"齐生死"的观念，对认为"生死轮回""死于是生于彼"的佛来说，或许不值得一看，但力图实现游刃有余的气聚气散，是何等的不易，至今似乎也没能实现，倒是用以励志的"信仰"，就可上升为"思想"的概念，并能激发出无穷的力量，积极努力地向死从善。儒学"仁义礼智信"的规矩，使得人的自然属性得到行为的规范，人生的大船似乎有了可以遵循的航线，而"达乎生生之趣"的思辨已是纠缠了数千年，自先秦到魏晋"名士"就不断发声，且是不绝于耳，古之玄学的主题并不是单纯的一概"欢乐"，标榜"本真"和"自然"同样也是其强大的声响。嵇康的"越名教而任自然"的说法，也不是偏执地追逐"物"的满足和"乐"的泛滥，如若把生死的过程与"重身轻物"实现"自然"的有机结合，反倒会达到既可"道貌岸然"，又能"潇洒自由"。

"生者寄也，死者归也。"来到世上的生命，既不是几十年的光景，也不是经历的春夏秋冬；既不是占有的金银财宝，也不是你我的西东，其实就是一呼一吸的一口气。在这一来二往的呼吸里，生命的旅程便有了各自的不同。生的强音，咚咚的心跳，有力的呼吸，生命的节奏；死之来临，器官衰竭，功能已退，就是那一息的气，停止在喉的下咽。《醒来》唱道："从生到死有多远？呼吸之间。从迷到悟有多远？一念之间。从爱到恨有多远？无常之间。从古到今有多远？笑谈之间。从你到我有多远？善解之间。

三十七 天堂地狱

从心到心有多远？天地之间。当欢场变成荒台，当新欢笑着旧爱，当记忆飘落尘埃，当一切是不可得的空白，人生是多么无常的醒来。人生是无常的醒来。"如若闭上双眼，在静听佛之"醒来"的同时，耳畔和着那节奏强悍、气势磅礴、震撼心间的《呼吸与生命》纯色音乐，顿然间感到了生死的简单和生命的可爱。《圣经》说："求你想我，我的生命不过是一口气。""凡活物的生命，和人类的气息，都在他的手中。""我的生命尚在我里面，神所赐呼吸之气，仍在我的鼻孔内。"唐朝孟郊在《秋怀十五首》中有："老人朝夕异，生死每日中。"据说自有史以来，人类已有800多亿人死亡。**生死死生，生生不息。东方欲晓，生死未了。一天一生死，一呼一吸两世界。受形命如电，生始必死终。在生死的旅途中，所有的生命每天都在向着同一个方向，并以不同的形式走在去往死亡的路上……**

 "死亡"料理

2018年的《世界卫生统计》中,日本人以84.2岁的平均寿命位列世界第一,但谁都知道其自杀率同样是稳居世界榜首。据日本权威的警视厅统计,近14年来,平均每年自杀者不少于3万人,每天计有85人选择轻生。其白雪皑皑的富士山、娇媚缤纷的樱花、和服碎步的东洋女优、锃光瓦亮的武士刀,美丽的柔顺和极端的残暴,似乎要衬托出大和民族的"风骚"。不得不承认的是,及至今日"崇尚忠诚死亡"的武士道精神,还真主导了这个岛国人独特的生死观念。在中国乃至西方,尤其是基督教义中"自杀是罪"的理数,在日本却是大相径庭,血液里融进的为忠剖腹和为爱殉情的基因,在物质文明高度发达的日本不减反增。日语"死生观"的汉语是"生死观",单从排列顺序来看,"死"在日本人的心中是靠前的,而中国人肯定是放在后面。日本人的普遍认知,死是生的开始,从生到死,没有长短的距离,只有意志和精神的体现。自杀率的居高不下,不光是生活压力的增大,也是根深蒂固的维护"尊严"的表达,是对生前一切罪恶的洗涤,是赢得身后美名的方式,"自杀"意味着"高尚",值得尊重。"轻生死,重然诺"的武士道思想根植于日本人心中。作为国花的樱花,虽只七日,但樱花之美不在盛开之日,而是凋谢之时,瞬息的凋落,短暂的绽放,人生如樱花达到了生命的极限。

三十八　"死亡"料理

残花、落叶、衰草，这无常的哀愁正好迎合了日本人对"瞬间美""物哀美"的"怪癖"。日本人尊敬的大文豪太宰治、川端康成、三岛由纪夫和芥川龙之介都是在功成名就之后毅然绝世。川端康成说："无言的死，就是无限的活。""死是最高的艺术，是美的一种表现，死就是生。"死与美的纠葛不光是贯穿在古典的日本，即使是经历了"二战"的"血腥"，也没真正"撼动"这世代延续的观念。最能体现日本死亡观念的自然是日本文学。从《源氏物语》的紫式部到村上春树，再到当代几乎所有的"文化新锐"，"死"是一个根本的主题，是"喜闻乐见"、谁都待见的"主角"。《源氏物语》里更是毫不吝啬，尽情地表达：开卷之"桐壶"便以光源式的母亲和外祖母之死铺展开来，之后夕颜的死、葵上的死、父帝的死、紫上的死、柏木的死，到最后浮舟的溺水而死，通篇极尽所能地把日本人以死为始、由死而生的"死"之光华，描绘得透彻无比，美轮美奂。在《挪威的森林》里，村上春树更是不遗余力地把直子、初美、木月诸人的连续死亡，写就成生死之间的薄纸一层。书首页那句"献给许许多多的祭日"，开篇就使人进入悲哀、凄婉的心境。1972年4月16日，川端康成为了用行动实践死的美丽"传说"，口含煤气导管死在他的工作室，遗体旁是威士忌和留有唇印的高脚杯，尽管没有三岛由纪夫切腹的刚烈，但谁也不会怀疑其去往"天堂"的潇洒、从容和坚定。太宰治的《人间失格》更像是日式版的死亡"大戏"：写好剧本、自当主角、两眼一闭，回归天堂，落下大幕。**死前生后，生死同重的"死生观"，在死的觉悟中体悟生的艰难，于生的"风景"里淡化死的恐惧，**

万千的生命怒放,灵魂的升腾激荡

三十八 "死亡"料理

在"樱花怒放的凋谢里"获得永生的安静,死就成了永生,心就静、胆就大,死不怕,似乎也就变得"伟大"。对于"流氓"王朔的"中国作家不伟大,是因为自杀的人太少",权当是故意的矫情和略带调侃。"无聊人""算计"的,自屈原投江汨罗,积2000年间自杀的中国作家不会超过30人的统计,似乎一点也不能说明什么,更不会"感动"什么,只能让日本人"明白"了什么。

尽管进入现代,日本人的死法有了更多的"花样",但让人感到浑身发烫,也是日本人最为"敬仰"的是:切腹、殉情和自裁练炭。"切腹"的始祖是日本永祚年间的江洋大盗源义朝,在其被抓捕之前,以刀切腹,并掏出内脏,用刀尖挑向抓捕的官差,也即为后人所说的"灯笼挂"。古之日本有人的灵魂居于腹内的迷信之说,而源义朝的切腹,正迎合了以纯洁之灵魂,表示其堂堂而生的凛然大气的众人心态,故而为幕府武士效仿,进而得到进一步的演化和发扬,并有了固定的诸如"立腹""坐腹"的形式,以及不同的又如"一字形""二字形""三字形"和最高等级的"十字形"的切腹方式。如果没有"介错人"的帮助,切腹是一个极其痛苦和"漫长"的过程,少则六个小时,长则三天三夜七十二小时,直至血尽人亡,非常人所能忍。尽管痛快死的方法很多,就如现在的跳楼、上吊、喝上一瓶老鼠药,简简单单,一命呜呼。但武士的切腹,更多的是一种把"腹中之魂"剖出,表达忠诚和勇武、震慑敌人、昭示生者,释放灵魂以求永生。渡边淳一在《失乐园》里设计的一对为求得来世相爱的男女主人,红酒对饮,毒药下服,在酣畅淋漓的性爱高潮里,尽情释放寂死的忧哀,

其不在高潮里升天、就在高潮里死亡的激情浩荡，不光是肉体本能的最后宣泄，更是把"向死"和"精神"尽善尽美地极致交合，从而实现灵魂的无限升腾。之后在日本涌动的"死亡美学"激荡，和世界"纯爱情者"的追捧风靡，或许是对当下人类枯寂心理世界的情绪搅拌。"告别今世，相逢彼岸"是日本自杀者共同的愿望。有人说，在当今世界，尤其是在发达国家里，若排名忧伤感的指数，日本肯定是冠军。其对大自然的敬畏、无奈以及对短暂人生的感悟，再加上樱花的"烂漫"和武士"精神"的升华，使得"积忧成疾"的日本，不仅宽容"自决"，尊重"自裁"，甚至向往"死美"，鼓励"从容"。

三十九　素白"三丈六尺布"

伊斯兰世界生死观念却是截然相反，**生由真主"造"，死需真主"允"**，任何对生死的随意，都是对真主的"大逆不道"。在其丧葬礼规的"静、速、严、简、禁、宽"里，更是体现着对"真主"尊严的"神圣不可侵犯"。安静而不事哭闹的"静"，三日之内入土安葬的"速"，必须遵守丧礼程序的"严"，只需用"三丈六尺白布"包裹的"简"，不许办丧过程中"库夫尔"（迷信）的"禁"，以及随死随葬的"宽"，不光是规范了穆斯林们速葬、薄葬、土葬的统一，更是把真主"口唤""归真"的意念体现在"死"上。先知穆罕穆德说"你们应尽快安葬亡者"，以便"入土为安"。不择时辰，不看风水，"无论贫，无论富，都是三丈六尺布"，只需一个能放下尸体的土坑。"真主啊！求您饶恕我们中的生者与亡者，在场者与不在场者，少者与老者以及男人与女人吧！……"在阿訇的几句求赦和诵读《古兰经》之后，一个简短的葬礼也就随着葬门的封堵宣告结束。整个过程庄严肃穆、平和宁静，更不可能有呼天喊地、捶胸顿足的场面。说穆斯林的葬礼是世界上最为简洁的葬礼毫不为过，但其向死者告别、为亡者求恕，使生者活好、反省人生的用意丝毫不少，既是忠诚地转达真主对死者"可死"的"应允"，又反映了伊斯兰世界对生命意义的尊重和面对死亡时的从容淡定、归天顺命。"信真主、信天

使、信经典、信使者、信后世"和"信前定"是伊斯兰教检验真假穆斯林的"试金石"。"前定"即为"定然"或"定夺","不得真主的许可,任何人都不会死亡,真主已注定各人的寿限了",《古兰经》晓示"真主创造你们,先用泥土,继用精液,然后……",**也即为每个人的生是由真主赐予,而"死"也只有真主有权"取回",任何人没有权利随意地对待生死存亡,即使是个人的生死既不是爹造,也不是娘给,更不能由得个人随意糟蹋**。年迈的穆斯林老人的口头禅是"等到那一天,真主赋予的大限一到,我两眼一闭,就归主了……",是何等的坦然和对真主"主宰"的深信不疑,极其虔诚。"一样生,百样死"。**在穆斯林眼里,不论是正常的死,还是意外的亡,都是真主的"旨意",是安拉的"玄妙"和"大能"**。大和民族的"死亡美学",尽管有"七日樱花"的陪衬,有"拉网小调"的伴奏,有"武士之刀"的护驾,但在穆斯林的世界里自然是背经离道、格格不入。

穆斯林的世界是广阔的。尽管在当今世界三大宗教的历史起源里,佛教有 2600 多年,基督教有 2000 余年,伊斯兰教虽然稍微短些为 1400 多年,但进入现代社会,这个千年"老教"却以"势不可挡"的力量,展现出蓬勃生机和无限活力。根据 Pew Research Center 的最新数据,2010 年至 2050 年,穆斯林人口总数将从 16 亿增至 20 亿。更有甚者,有人说到 2100 年,世界人口达到 112 亿时,将会有一半的人是穆斯林。麦加大清真寺、耶路撒冷圣寺以及伊斯兰国国旗上的星月图标与男人白色的小帽、女人的头巾,极有可能成为地球人的"球衣",但肯定不是"外星人"罗纳尔多的球衣。现伊斯兰合作组织的 57 个成员国中，有 22 个是"富得流油"的阿拉伯国家，经济实力的强大支撑，筑牢了相对稳固的经济基础。由于善于学习创新和对现代思想的接受，穆斯林出现了年龄结构的强势"年轻"，根据 2010 年的统计，高达 34% 的穆斯林年龄在 15 岁以下，且全球穆斯林的平均年龄是"极其年轻的"——30 岁。这是一个充满了青春激荡、魅力四射和动感十足的人生"黄金期"。据说马来西亚某名媛创立的 Naelofar 不仅是马来西亚最大的头巾品牌，而且在全世界也深受欢迎，仅是 2015 年销售额就达 1180 万美元。**"穆斯林时尚"不光是伊斯兰女性们长袍、罩衫、连体衣和闪烁着真诚的双眼，更深层次的可能是对安拉魅力的膜拜和视《古兰经》为"圣经"的尊崇。**

不由地使人有一种情绪的感慨：**真主对生命的赐予，不光是精血的用泥，更"致命"的是把持生死的理念。**当把死亡视为从一种形式到另一种形态的转变、是无限循环的一个阶段时，或者是把"生"的给，又以"死"的予，当作"还"的事，对待生死的态度也就阳光、坦诚和自然了。

四十　十字交叉

有意思的是，基督教所笃信的《圣经》，与伊斯兰教的《古兰经》有着许多"要义"上的相同。人作为上帝造物之万一，既同于万物，又高于其他。其"生存痛苦说"，既是对于"原罪"人的惩罚，更是对人之生命过程的"监督"。故而也就使得"末日审判"和"永生"成了规范人类生命秩序的"约柜"。行善之人的灵魂，可以超脱死亡，获得永生，成为"上帝的子民"；"龌龊之人"的灵魂就被打入地狱，受到诅咒，被上帝遗弃。**茫茫宇宙唯上帝不死。没有灵魂的肉体一文不值，如同行尸走肉。物质的肉体因罪而亡，灵魂却靠上帝复活。**人们只有"至公至义"，行善积德，得到上帝"赎罪"的认可，把生的渴望与道德规操真正"契合"，死亡才会实现真正的"苦难的最后解脱"，以此远离罪恶，皈依"吾主"，才能死后复生，获得永生。也正因如此，真正的基督教徒和穆斯林们有着相似的对待死后殡葬的认知：视躯体为灵魂暂住的寄存"公寓"，同样提倡速葬、简葬，并努力把肉体这"罪恶之源"，埋葬得彻彻底底、干干净净。**尽管基督教的祭祀相对繁杂，但绝不允许标榜除上帝之外的任何"偶像"，即使是自己的先祖也不例外**。这好像与中国人敬奉的各路"大神"很不相像。

黑格尔说："生命本身即具有死亡的种子。""生命活动就在加速生命的死亡。"关于生死观的形成，基督教派同样

四十　十字交叉

生命的本性动，自然的属性静

也不是一蹴而就，也经历了一个从《旧约》到《新约》的演变过程。前者因对死亡的恐惧，而看重现世的满足，今世的享受，更不会相信死后复生，"他们死了，必不能再活"。而后者则突出表达了死而不朽、再生的可能。只是掌握生死的大权全在上帝手中。所有的基督徒都知道的一个"事实"是：亚当是上帝依照自己的模样亲自创造的，夏娃则是上帝为了解除亚当的寂寞用亚当的肋骨造出来的。"上帝使人生，也使人死。"戴罪的肉体也只有通过上帝给予的"死"，一切的"罪恶""缺陷"得到上帝之手的修复和矫正，才可蜕变成具有灵性的"生"，从而兑现上帝给予的"一切眼泪都被擦去，并且不再有死亡"的承诺。**生者必死，即使是圣子基督也同样被钉在十字架上。凡身肉体的死亡只是将人带出罪恶的现世，是肉体和灵魂的分离，是灵魂的升腾，也是上帝对游荡灵魂的召回**，"上帝为了拯救他们而使他们死了"。死亡不再狰狞，只是连接灵魂和上帝的"天梯"管道。善有善报，恶有恶惩，似乎是所有宗教共同的教义，只是界定善恶的内涵和外延有所不同，甚至有的是根本的相左。但对待"自取灭亡"的自杀观上，基督教和伊斯兰教却是达到了完全的统一，甚至把"自杀"视为"罪"。在基督教的世界里，**唯上帝是生命的主宰，生是上帝给，死亦上帝赐**。生死的过程只是完成上帝所赋予的生命旅程，自杀不仅违背了上帝的意愿，是对上帝的不恭，而且被视为是对上帝权威的无理挑战。著名的卢克、莱西亚、加图，包括犹大，都有趋善去恶的意愿，企图用自杀的方式来结束自己罪恶的生命。犹大在出卖了基督之后的内心痛苦可想而知，试图自杀以谢"天下"的"妄想"，其实更加违背了上帝的"圣旨"，是罪上加罪。今日之"西方世界"开化的思想，自由的主张，充分的自我，不能不说与其皈依的教派、虔诚的信仰息息相关。"临终关怀"的提倡、"安乐死"的合法、"性工作者"的地位，以及霓虹摇曳灯光里领取"毒品替代品"的队伍，五光十色，换得了上帝"笑眯眯"的模样。

有个不一定准确，甚至会遭到严厉"谴责"的说法，即中国人是这个世界上最恐惧死亡的族群。如果说句讨好或者是"和稀泥"的话：**死对任何人来说，都是怕的，不管是中国人还是"外国人"，也不管是"装神"的，还是"弄鬼"的。在死亡面前，即使是畏惧恐怖也不为过，只是不要不说真话、不说人话！**聪明的人类已制造出智能的测谎仪，完全可以精准地监测到临死前人们那过山车般心电图的"狂啸"。"已知"就在眼前，而"未知"却靠想象。没有"觉悟"和"信仰"的凡人，要升华到"无欲"的境界，确需"刀砍斧劈""千锤百炼"。精英分子的精神是献身忘我的信仰，自然也是更大、更高的"积德行善"。世界最大广场上耸入云端的"人民英雄纪念碑"，肯定是为了大多数人的幸福而牺牲自己的英雄们的"灵魂"再现。**不管是再过十年八年，还是百年千年，即使是对最为实际的凡人而言，物质的"现实"，也会在精神的"鼓励"下，继续保持着"感恩"的道德力量。**

四十一　佛陀法轮

当佛"圣驾"中国,似乎有了不怕死的力量,就如《心地观经》所说:"有情轮回六道生,犹如车轮无始终。"故而也就希冀在生死流转的"道"上,放心大胆地自由奔放。至于"寿尽而死""福尽而死""意外而生",豁达到"曾去几何""无知罪福"和"常事万休"的洒脱。《俱舍论》有"生死泥者,由彼生死,故而生死如泥";《成唯识论》说"未得真觉,恒处梦中,故佛说为生死长夜";"当乘智慧舟,超度生死海"是《佛所行赞》的生死如海;《无量寿经》则有"慧日照世间,消除生死云"的如云生死,等等的诸事凡说,都在力图解说生死的"千秋故事"。但万源归根的仍是万变不离其宗,大凡人类一致共同地认为:**生即是死,死也就是生;生死如一,表里实同**。佛经上的"生又何尝生?死又何曾死?"也是努力说服"门徒"明白:生了又死,死了还生。耶稣说:"人从哪里来?""人从上帝来。""上帝哪里来?""上帝本来就有,不需从哪里来。"佛说:"人从哪里来?""人从死来。""死从何来?""死从生来。"这些还真不是"胡搅蛮缠",更不是"理屈词穷",至少可以理解为:**在客观世界的物质条件下,造物主和各路神仙同样不可避免地表现出"凡俗子弟"的"真诚""天真"和"友善"**。

明代憨山大师在《梦游集》中说:"从古人出家,本为生死大事,即佛祖出世,亦特为开示此事而已,非于生死外别有佛法,非于佛法外别有生死。所谓迷之则生死始,悟之则轮回息。"多少年的儒道释三足鼎立,启蒙影响开化着中国。儒家的思想尽管也不可避免地论及生死,但其"谨小慎微",在生死面前的"羞羞答答",就把"生死"的"红利"自然地让给了不怕死、当然也不会死的佛陀。**既解生死,又破生死,还要任生死,"生死重担"压在佛的肩上,却成就了人类亘古永恒的"生死"因缘**。释迦牟尼的"缘起法"是其在吸收了印度教"业报轮回"的思想,又在禅思生死轮回、因果本末之后形成的佛法理论基石。《杂阿含经》中的偈语"此有故彼有,此生故彼生;此无故彼无,此灭故彼灭",应是其大法之高度概括。尤其是被一致认同的"中道",即对待任何事情,应如实认识本来面目,做到不偏不倚,不违背事实真相,更不堕于片面见解和偏执的理念,为对待"生死"的大题,提供了实实在在的基础。"非断非常""非有非无"中的"非断"或"非无"既表达了生死相继、因果互为,也对应地把生老病死、旦夕祸福以"非常"和"非有"的形式并列出来。甚至于在其初转法轮时就提出了"四圣谛"解脱说法,同时又有《瑜伽师地论卷第六十一》将人之死亡前的"面相"概括为:离别所爱财宝、离别所爱朋友、离别所爱自身、离别所爱眷属,以及命终之时的各种忧患疾苦等,事物情感的纠缠使得众生的生死附带上无数的"累赘",以至于"黏黏糊糊""喋喋不休"。即使是中国的顺治皇帝也有诗感叹道:"未曾生我谁是我?生我之时我是谁?长大成人方是我,合眼朦胧又是谁?"释迦牟尼在临终时说:"一切诸行,皆悉

无常。我今虽是金刚之体,亦复不免无常所迁,生死之中极为可畏!汝等应勤行精进,速求离此生死火坑。此则是我最后教也。"乍看是句神话,仔细琢磨确实是句人话。尤其是"勤行精进"的用词,让"非断非常"的人生"无常",又有了突出的重点,"教诲"的核心是对生死的态度、追求的品质和生命的格调,而无须顾念死亡的形式和死后的去处,只要"前世修德",自然来世"福报",有了精神的追求,就可解脱物质和肉体的"怀抱",生命的光芒也就会得到绽放。现世的星云大师对佛经里关于"非断非常""非有非无"生死轮回的"关门"和"开窗",有比较形象辩证的譬喻:"死如出狱""死如再生""死如毕业""死如搬家""死如换衣""死如新陈代谢"。这样的概括不一定"如实合法",但在今日之涌动浮躁不安的世界上,不失为一剂难得的"醒世良药"。其不惜口沫笔墨罗列出一干佛家诸位大师的"洒脱去世",当然不会是为日本人的"死亡美学"提供"支援"。宋朝宗渊禅师八十三岁作:"举世应无百岁人,百年终做冢中尘;余今八十有三岁,自作哀歌送此身。"另一位同样也是宋朝的叫性空的禅师坐水而死,不光传奇,其诗更潇洒:"坐脱立亡,不若水葬;一省柴火,二省开圹。撒手便行,不妨快畅;谁是知音?船子和尚。"还为与其"志同道合"的船子和尚赋诗一首:"船子当年返故乡,没踪迹处妙难量;真风遍寄知音者,铁笛横吹作散场。"又列举隋朝慧祥法师捧经而死、丹霞天然禅师策杖而死,唐朝良价禅师生死自如、遇安禅师入棺三日仍可不死,等等,不光是表达了佛家大师们面对死的坦诚洒脱、轻松自在,更深的寓意可能是教化今人端正生死的态度,有了

四十一　佛陀法轮

生即为死，死就是生；
生死如一，表里实同。

"以生为附赘悬疣,以死为决疴溃痈"的认识,也许就会有了快乐地生、自然地死的生死境界,也不枉负了星云大师的良苦用心!据说释迦牟尼火化后得八万四千多颗舍利子,章嘉大师得一万多颗,其头盖骨上还显现出"唵嘛呢叭咪吽"的字样,还有的高僧死后则烧出了观世音菩萨像,这也许就是"积德行善""视死如归""慷慨就义"的"福报",也是真正意义上的"立地成佛""精神不朽""万寿无疆"吧!

四十二 哲学家园

言及乱世的浮躁,或说是天下动乱,稍有历史知识的人,自然会联想中国的春秋战国:狼烟四起、饿殍遍野,弱肉强食、尔虞我诈,处处是勾心斗角,君臣相弑,父子互残。"今世殊死者相枕也,桁杨者相推也,刑戮者相望也"。**生死相依,死如食衣**。有意思的是,正是这极度混乱的年代,不仅生产力和生产关系有了积极的发展,意识形态上也出现了百家争鸣。**诸子百家以大无畏的气概,质疑并抛弃先民们的生死观念,打破期望长生不老的幻想和对诸路鬼神的盲目崇拜,以更加理性的视觉来探讨和反思生死问题**。与儒释并驾齐驱的道家提出的"万物皆一",不仅开阔了视野,也以哲学的辩证跳出了一时一事、一得一失的局限,推动了超越死亡、生死一体的思想跨越。老子说:"人法地,地法天,天法道,道法自然。"庄子说:"通天一气耳。""人之生,气之聚也;聚则为生,散则为死。""杂芒芴之间,变而有气;气变而有形,形变而又生,今又变而之死,是相与为春秋冬夏四时行也。""死生,命也;其有夜旦之常,天也。"老庄力图揭开"生死"的神秘面纱,跨越生死之困,达到生命在某种意义上的"永垂不朽",实现"天地与我并生,万物与我为一"的期盼。及至今日,不能不赞叹两千多年前,以老庄为首的道家先哲们的"唯物气概"。他们又说:"死生为昼夜。""生之来不能却,其

天覆地载，生死俱善

去不能止。""方生方死，方死方生。""生也死之徒，死也生之始，孰知其纪！"这些使处于战争灾荒的人们，轻松面对"死"的光顾，暂且放缓"死"的步伐，聊以慰藉疲惫不堪的心灵。环顾四周，**就是在当下，老庄的"生死一体"同样可以"抚慰"躁动的心灵，净化"雾霾"的空气，引导社会的方向。**现实中多数人"悦生恶死"，其情绪"暴躁"、利欲熏心、贪生怕死、急功近利，反倒是乱了"规矩"、坏了"章法"、迷了"方向"，违背了规律。"适来，夫子时也；适去，夫子顺也。安时而处顺，哀乐不能入也。"虽不能做到"真人"般"恬于生而静于死"的天地自我、潇洒超脱，但至少可以在现代文明的"辅佐"下，在生死面前表现得从容淡定一些，也不至于成为千年之前先人的笑话。特别是"万物一府，死生同状"的"知命"哲学，更是勘破了生死大劫，直面死亡、笑傲江湖，从精神和心灵上彻底解脱。庄子《齐物论》中"等生死"，不以生喜、不为死悲的说法，认为生是漂泊、死是回家，甚至把"死"的光临，描绘成至善至美的"境界"，绝不是字面上的"标新立异"和为了与诸子百家的"分庭抗礼"。**数千年后人类认知的结果，不得不承认其理性的光芒和思想的智慧，在探寻追求生死背后的出路和光明的旅途上，努力把人从宿命的歧途上拽回，使生命解脱迷茫、混沌、恐惧的威胁，在心灵的深处构建起与天地宇宙共融共存的永恒精神家园。**

 欢乐骷髅

人说经历了风雨，才会见彩虹。其实若不曾遇见死亡，哪懂得生死。白岩松也不知在什么地方对什么人说过一句话，好像是"中国人从来没有真正的死亡教育"。一个叫史航的著名编剧说："我离开了这个世界，可世界还是好好的，真让人绝望。"于娟是复旦大学的老师，患癌症后写了本书叫"此生未完成"，其中有句话是这样写的："为了一个不知道是不是自己人生目标的事情拼了命扑上去，不能不说是一个傻子干的傻事。……名利权情，没有一样是不辛苦的，却没有一样可以带走。"杨绛寄语钱钟书："从今往后，咱们只有死别，再无生离。""你死后，我一直努力的活着，就像你化作风，化作空气，依然陪着我，看着我一样。"史铁生在《我与地坛》中说："死是一件无须着急去做的事，是一件无论怎样耽搁也不会错过的事，是人类的一个节日。"席慕蓉在《幕落的原因》里写道："在掌声最热烈的时候／舞者悠然而止／在似乎最不该结束的时候／我决定谢幕……上帝需要有足够的智慧／来决定／人生幕落的时间。"关于死的话题实在是太多太多。也有人说："**想死**"**的，不外乎两种人，极其的幼稚和极其的成熟。**若在年龄段上划分，20岁之前"想死"的还真是不多，否则也就不会有那么多的年轻生命就真的去死了。因为没"想死"，所以才"去死"。《吉尔伽美什》是古巴比伦奉献给人类的第

四十三　欢乐骷髅

做个快乐的骷髅实属不易!

一部史诗,其中就有"当神造了人,就把死亡给了人类"。古代的玛雅人同样也认为生死存亡仅悬一线,犹如窗纸。**死是生的解脱,生是死的再现**。稀奇古怪的骷髅头石雕在玛雅遗址里随处可见,完全有理由相信玛雅人对死亡的轻松和从容。今天的墨西哥人捡了个大便宜,不仅继承了玛雅文明,还与西班牙人带来的基督教文化进行了完美的融合。在每年11月份的头两天里举行"幼灵节"和"亡灵节",特别是在"亡灵节"这个全民祭祀节日里,人们装扮成亡灵的模样,全部戴上各式各样、色彩斑斓的骷髅面具,载歌载舞、抽烟喝酒、嬉笑打闹,使得本该恐惧发怵的骷髅,变成了充满活力、阳光灿烂、讨人喜欢的模样。看似诙谐滑稽的"胡闹",今天已成了墨西哥民族的"生死狂欢":**本是象征死亡恐怖的骷髅,经过精心点缀粉饰,没有了丝毫的阴森惊悚,热爱生活的墨西哥人,把这种独具匠心的"骷髅文化"渗透到骨子,即使是死亡来临,变成了骷髅,也要做个开心快乐的骷髅**。特别是死亡女神"米克特卡西瓦特尔"和新的标志性女性形象——头戴羽冠的卡特里娜骷髅,更是为人们所崇拜敬仰。**死是肯定的,变成骷髅也是肯定的,但要成为一个快乐的骷髅就不一定了**。可能只有墨西哥人"生"时装扮的骷髅才能成为真正"快乐的骷髅"。

四十四　落雨清明

有意思的是，今天恰是清明节，脑子里居然跳出来的尽是关于"清明"背景的诸多诗句：白居易的"乌啼鹊噪昏乔木，清明寒食谁家哭"，黄庭坚的"佳节清明桃李笑，野田荒冢只生愁……贤愚千载知谁是，满眼蓬蒿共一丘"，杜牧的"清明时节雨纷纷，路上行人欲断魂"，孟浩然的"帝里重清明，人心自愁思"，唐寅的"生在阳间有散场，死归地府又何妨。阳间地府俱相似，只当漂流在异乡"，高翥的"南北山头多墓田，清明祭扫各纷然。纸灰飞作白蝴蝶，泪血染成红杜鹃。日落狐狸眠冢上，夜归儿女笑灯前。人生有酒须当醉，一滴何曾到九泉"，等等。在中国人的传统节日里，古往今来人们似乎对清明节更是情有独钟。或许是因为清明既要祭祖思先又可赏春踏青，既糅合了"悼亡"又"祈生"悲喜交加的"特殊"，故而不论形式、过程还是内涵都无不折射出华夏子民的生死观念。"事死如事生，事亡如事存"的生死观，在清明节的祭祀情怀里得到释放："死"是个体生命的终，"生"是宇宙万物的续。春夏秋冬、寒来暑往、循环往复以至无穷的"生生不息"，使得个体的"死"，融进苍茫宇宙的"生"。"借问酒家何处有，牧童遥指杏花村"，不见得都是去借酒消愁，也可能就是开怀畅饮，把酒临风。祭祖踏青，生死并置。在追忆亡者中感悟生，在赏花咏春里直面死，一个看似"不经眼"

的节气,热闹成"生""死"交流侃谈的节日,在这个由墓穴和坟头搭建的舞台上,不只是无数故人亡灵的舞蹈,更多的是现世今人的思想伴唱。生是起点、是初始也是开端,但死是一切生命的必然归宿。在祭奠他人亡灵之时,也不妨借机此祭扫一下自己心中的坟墓。当一个人一旦有了随时准备"死"的胆气,一切的艰难困苦、狂风暴雨就会化作坦然,也真就呼应了那句"死都不怕,还怕困难吗"的"豪言壮语"!如若此时以摇滚曲调,配以杰克逊的太空舞步和陶渊明的《拟晚歌辞三首》,再由激情四射的麦当娜来开唱:"有生必有死,早终非命促。昨暮同为人,今日在鬼录。魂气散何之,枯形寄空木。……昔在高堂寝,今宿荒草乡;一朝出门去,归来夜未央。荒草何茫茫,白杨亦萧萧。严霜九月中,送我出远郊。四面无人居,高坟正嶕峣……幽室一已闭,千年不复朝……",肯定是别有一番滋味和格调,即使不能风靡世界,骚动地球,也定会在"生死"的曲库里,作为经典,永久流传。《祝你生日快乐》被人唱了千万遍,可就是没人唱个《祝你死亡快乐》,或许只有在崇尚"死亡美学"的日本才能找到共鸣。相信道教的中元节、佛家的盂兰盆节、墨西哥的亡灵节、万圣节或许能予以响应,并给些配合。至于《黑色的星期天》《威士忌安魂曲》《耶稣般的孩子》《天使的房间》《女神之舞》《加入我》和《那里没人》等关于死亡的名曲,听了之后感到的不光是悲伤、幽暗、凄凉、压抑、颓废、苦恼,更让人受不了的是血腥、恐怖和毛骨悚然、头皮发麻。就如《黑色的星期五》这首1932年由一群音乐人集体创造的纯音乐、原名叫"魔乐"的曲子,据说在被禁之前的13年间,

四十四 落雨清明

所有听过此曲的人,要么精神分裂,要么抑郁寡欢,自杀的更是数以百计,其运用的次声波的刺激手段,与人的大脑皮层神经产生共鸣,以致使人不能自已而选择极端。与其并称为"杀人三曲",当然也是世界三大禁曲之一的《忏悔曲》和《第十三双眼睛》,被传是撒旦留在人间的勾魂曲。《忏悔曲》也叫《恶魔曲》,这支由一个美国人在其忌日作成的曲子,使上千虔诚的教徒自杀身亡,决绝地结束生命,扑进上帝的怀抱。《第十三双眼睛》中的"十三"本身就是一个不祥的数字。这首起源于非洲原始部落的祭祀曲,使得喀麦隆一个部落的人听后全部自杀。据说到了1991年,一位好奇的音乐人,欣赏了此曲的一部分手稿后,不久也跳楼自杀。**毒蛇猛兽可以吃人,刀枪棍棒可以杀人,看来音乐歌曲同样可以亡人。**

"三月里的小雨,淅沥沥沥沥沥、淅沥沥沥下个不停,山谷里的小溪,哗啦啦啦啦啦……小雨为谁飘?小溪为谁流?……"三十八年前著名的谭健常和小轩夫妻档,创作的台湾小曲,不仅当年流行,时至今日,一到清明时节,就不由地萦绕耳畔。尽管也有雨中的忧思和感叹,但雨后的万物复苏,确不能忘记雨的牺牲。**生来于天,死归入地,一个"淅沥沥"的下落,也就完成了一生。雨落物生,物活雨无。**人们喜好把春的清风、柔云、花香与人之初生"捆绑"在一起,自然是充满了诗情画意。而及至仲夏,电闪雷鸣、狂风暴雨,或是骄阳似火、烈日炎炎,尽管已是枝繁叶茂,必然是要经受无数风吹雨打。层林尽染,稻菽翻浪,硕果累累者气定神闲,一无所获者仰天长叹,秋的许诺不一定兑现。而"千山鸟飞绝,万径人踪灭"的冬,

雨落物生，万般情味；
物生雨无，随风飘柔。

四十四　落雨清明

冰天雪地、朔风寒骨，了无绿的踪影，诗人眼里的"银装素裹"，终结了无边无际的"命"。不由得就冒出了郭敬明的那句："流年未亡，夏日已尽，种花人变为看花人，看花人变为葬花人。"或许不过几日，葬花之人，成了被葬的人。春夏秋冬的四季轮回不知是否与人之生老病死源出于一折唱本。自然法则的铁律，确实叫人慌张，人的极度"嚣张"，发出"人定胜天"的"狂喊"，也是情有可原，不然始皇帝、武则天以及很多很多不惜一切代价、企图长生不老的"爷们""娘们"的心思不就都作废了？

四十五　红楼遗梦

红楼之内,做梦之人,想死的不会死,而不想死的却是一个接着一个地死。**秦可卿先死,金钏儿接着死**,后来就是晴雯死,反倒是整天哼哼唧唧、叹花怨柳、病病怏怏的林黛玉和肝肠寸断、要死要活的贾宝玉活了很久。曹雪芹的红楼之梦,"晕倒"了多少代人。读的人很多,崇拜的人也不少,研究的人还成了"红专家"。但直到现在,总觉得还是人家王扶林1984年导演的电视连续剧《红楼梦》最好,还是人家欧阳奋强最像"宝哥哥",可惜的是黛玉的扮演者陈晓旭在2007年就"仙逝"了。"文死谏,武死战",贾宝玉是打心眼里就瞧不上的,他的世界里没有"官"念,也没有"铜臭",有的是儿女情长,是女子的泪、风花的月和时常挂在嘴边死后的万般造化。"……趁你们在,我就死了,再能够你们哭我的眼泪流成大河,把我的尸首漂起来,送到那鸦雀不到的幽僻之处,随风化了,自此再不要托生为人,就是我死的得时了。""眼泪成河"真是好大的气魄,"随风化了"又是何等的"洒脱",那句"不要托生为人"看似梦里人的"疯癫话",却又是一个希冀死后"落个"干净的"宝哥"说的真话和人话。"白骨如山忘姓氏,无非公子与红妆。""未若锦囊收艳骨,一抔净土掩风流。""好一似食尽鸟投林,落了片白茫茫大地真干净。""尔今死去侬收葬,未卜侬身何日丧?侬今葬花人笑痴,他年葬侬知是

四十五　红楼遗梦

一个"梦"字了得!

谁?"诸如此类,再加上"寒塘渡鹤影""冷月葬花魂",**这些看似"梦话"的梦话,但又都是后世今人不得不认的实话。一直不想再活的贾宝玉,还真就是为了个"死得干净",彻底与"人"决绝,即使是下辈子"托生",也绝不做人。**年纪轻轻就多愁善感,一个"死"字常挂嘴边,且要死得一尘不染、干干净净,不知道曹雪芹的用意何在?或许就是用一个常人眼里"怪异"的"宝哥哥"作为"代言人",以其"癫狂"的语言、"奇葩"的行为、"另类"的动作,倾诉和表达自己因家道没落、身处底层、爱情挫折的悲戚,特别是对当时社会死水一潭的厌恶,不然曹大师怎么也不至于把自己比做是一无是处、不值一文的一块"石头"。在此还是忍不住把《〈好了歌〉解注》全文抄录,也算是抚慰一下其"愤世嫉俗"的心情:"陋室空堂,当年笏满床;衰草枯杨,曾为歌舞场。蛛丝儿结满雕梁,绿纱今又糊在蓬窗上。说甚么脂正浓、粉正香,如何两鬓又成霜?昨日黄土陇头埋白骨,今宵红绡帐底卧鸳鸯。金满箱,银满箱,转眼乞丐人皆谤。正叹他人命不长,那知自己归来丧!训有方,保不定死后作强梁。择膏粱,谁承望流落在烟花巷!因嫌纱帽小,致使锁枷扛;昨怜破袄寒,今嫌紫蟒长。乱烘烘,你方唱罢我登场,反认他乡是故乡;甚荒唐,到头来,都是为他人作嫁衣裳!"

四十六　谁的三国？

人说：**三国之美，美在生死**。刘关张桃园三结义，从此兄弟生死不分离。三国故事很多，多的是"舍生取义"的壮烈，多的是生死选择时的坦荡，"大丈夫生于乱世，当持三尺之剑，立不世之功"。军阀割据、烽火狼烟、血色残阳、群雄逐鹿，**死对于百姓就是家常便饭，那些驰骋疆场的英雄豪杰，同样时时会和死神不期而遇**。令人"开眼"的是，一部"大三国"用一个个"以死酬义""殉节护主""杀身成仁""尽忠为国"的鲜活故事，展现了一幅幅古战场上群体人物的生死悲壮画面。尤其是诸葛亮虽然在"生死有常，难逃定数""悠悠苍天，曷我其极"的吟恨长叹中而去，但其力挽狂澜、鞠躬尽瘁、死而后已的风范，不光是给后人留下了足智多谋、"古今第一贤相"的形象，也为那些策马扬鞭、赴汤蹈火的三国人物的慷慨悲壮助唱了"乱世英雄的一曲悲歌"。尽管生死的"路数"各有不同，但作者用尽所能描绘了一个时代的一群人物"求生不避死，避死不丧节"的"向死而生"和"爱生恶死"的鲜活画面。把人之最为原始自然的本能和社会属性的优胜劣汰，进行肉与灵的糅合：**直面死亡，但要理性死；敢于死亡，但不愚昧亡**。作为中国章回小说的鼻祖，罗贯中把明代杨慎的《临江仙·滚滚长江东逝水》作为《三国演义》的开篇词，不单单是对杨慎词曲清新绮丽的欣赏，更多的应是

或许这就是三国故事

四十六　谁的三国？

为这首词的气势磅礴和饱赋哲理而折服。至于有人说是到了清朝《三国演义》定稿后,毛宗岗父子评刻时才将这首词放在了卷首,根本就没必要去"追究"。但正如史实一样,三国鼎立是历史的必然,《三国演义》的最终形成,同样是文学史上的自然,尽管历经数载,跨越多年。杨洪基和毛阿敏把《滚滚长江东逝水》《历史的天空》演绎得有滋有味,得益于经历过世事沧桑的词作家王健和历经磨难的作曲大家谷建芬的珠联璧合,从而使得三国的历史得到了复原,一幕幕跌宕起伏的生死大戏得以再现:"暗淡了刀光剑影,远去了鼓角争鸣,眼前飞扬着一个个鲜活的面容。湮没了黄尘古道,荒芜了烽火边城。岁月啊!你带不走,那一串串熟悉的姓名。兴亡谁人定啊?盛衰岂无凭?一页风云散啊,变幻了时空。聚散皆是缘啊!离合总关情啊!担当生前事啊!何计身后评?长江有意化作泪,长江有情起歌声,历史的天空闪烁几颗星,人间一股英雄气,在驰骋纵横。"不由得就把这浓缩了生死的史诗全部抄录了,想省掉一句都觉得于心不甘,字字句句道尽世事沧桑,曲调悠扬勾得荡气回肠。

四十七　来……回……

　　德国诗人席勒有一句诗："当灵魂说话时，说话的已经不是灵魂了。""生死俱善，人道毕矣。"鲁迅也说："死是世界上最出众的拳师，死亡是现社会最动人的悲剧。"当人们努力地表达着对生和死的理解和坦诚时，不经意或者是故意继续较真着莎士比亚在《哈姆雷特》中那句"生存或毁灭，这是一个问题"。**生生死死，死死生生，一个人类绞尽脑汁、费尽心机、千方百计努力寻求最佳答案的"谜题"**。当把生的道路和死的归途视为生命的一段时，就可以理解为生死的过程其实只是"生命"乘车的一段旅程。在生与死的有限距离里，生命有了看、听、嗅、说、思、动的需求和为了走得远点、看得多些所必须具备的能力。在生命的"旅程"里，有鲜花掌声、有良辰美酒、有爱恨情仇、有刀光剑影，但谁都逃不掉"死到临头"，至于死后的"因果报应"或是"生死轮回"，就现在人的认知，所能留下的只是时间的固定和对过往的回念。**当把生作为人的家园、死作为鬼神的天堂时，"死"的红线也就成了人与鬼神的沟壑**。"死"对"生"既不会迁就，也很难通融："来而不往""有来无回"。作为地球上唯一的"思想者"，对宇宙之外宇宙的好奇和探究，丝毫不逊于对生死的疑问。只是在一个个人类自己"制造"的科学"麻烦"面前，不断地在自己扇着自己的耳光，突然间的"黑洞"发现，又开

四十七 来……回……

至少心里还有一方平静的世界

始怀疑起是否存在有"白洞",或者是"灰洞""蓝洞"和更大的"红洞"。甚至多疑地感觉到就如同人类"调戏"忙碌的蚂蚁一样,"超人类"的"思想者"正在外太空"窥视"着自己,或正像"妖怪"一样在吸收着"死"的灵魂。在基督教和伊斯兰教的世界里,生是灵魂与肉体的相融,死则是肉体和灵魂的诀别。**肉体是灵魂的载体和媒介。**"灵魂"的来路在常人眼里是"来路不明",但在"有信仰"的人的眼里,似乎是"铮亮透明":上帝给、真主赐和佛陀赏。一个完整意义上的人,也就应是一个有灵魂的肉体,或者说是依附了肉体的灵魂。是相互依存,是相濡以沫,是真正意义上的生死共同:无生无死,无死无生;生死相依,死生相互。及至生离死别,"劳燕分飞",肉体归天入地,灵魂腾云驾雾。绝大多数人"喜生恶死",以致"生"得热闹,"死"得悲戚。人世间的五谷杂粮、油盐酱醋和喜怒哀乐,演绎出五颜六色、绚丽多彩的感情世界,人们留恋其中,乐不思蜀、"生不想死",并以各自的"特长",在生命的音乐里,舞蹈出自己的华尔兹。"误将百年当永恒,不能释怀看人生,一旦风花雪月尽,有情天地化虚空!"真正悟透的能有几人?好"生"的人们,却在喊"累"。累在爷爷奶奶、爹娘爸妈,累在七大姑八大姨、叔叔舅舅弟弟妹妹,也累在老婆孩子,甚至是为了猪狗牛羊,当然更少不了功名利禄、身份地位。"生"就负重前行、小心谨慎、兢兢业业、任劳任怨,甚至是鬼鬼祟祟、战战兢兢,更有甚者是如履薄冰、如临深渊。但不管是什么样的身份、怎么样的地位,站在"死"的面前,同样的消亡泯灭,却不能有相同的灵魂出窍:**有的上天堂,有的下地狱!**

生前的修炼，换得的是死后的裁判。故"做该做的事，行应行的为"，积德行善，以期福报，但若只做爱做的事，行不应行的为，甚至是大逆不道、胡作非为，定当是难得善终，不得好报。"一阴一阳谓之道"是老子的"为道"之道，生阳死阴，阴阳互补，生死交换，是为生命的全貌，也是其"道法自然"的哲学理性。

四十八 人神探戈

特别兴奋的地球人,于2019年4月10日晚9时,十分骄傲地分别在美国的华盛顿、智利的圣地亚哥、比利时的布鲁塞尔、丹麦的灵比、日本的东京和中国的北京、台北同时举行新闻发布会,向全世界展示了人类历史上首张黑洞的照片:室女座星系M87中心的黑洞,距离地球5500万光年,质量是太阳的65亿倍。据说全球30多个科研机构的科学家参与,由分别设置在南极、智利、墨西哥、美国利桑拿州、夏威夷和西班牙的8台射电望远镜连线模拟形成"事件视界望远镜",其直径与地球相当,历时两年完成了"黑洞捕手"EHT的拍摄任务,又经过两年的集体努力冲洗,终于与世人见面。**原本就"好事"的地球人,一下子就沸腾了起来。而热闹的人群中,绝大多数是凑热闹看热闹,想懂又不懂,似懂非懂的"好事者"**。只有从事"黑洞"研究的科学家们是有目标的,很专业地说就是要解决以下问题:一是验证爱因斯坦的广义相对论;二是理解黑洞吞噬物质的物理过程;三是了解黑洞喷流的产生和方向。科学家们的目的似乎是部分地实现了,至少爱因斯坦"赢了"。但大多数凑热闹的人们是"萌萌哒"的,不过人们在贪图长生不老的"欲念"上,却是展开了丰富的想象。早前就有关于老庄的循环往复、生生不息和霍金的"进出黑洞"、有去有回的特别关联,并努力发掘两者的共同一致:

四十八　人神探戈

霍金把之前自己提出的黑洞"只吃不拉"主动修正为"吞吐有序""有吃有拉",万物在黑洞中进进出出、来来往往,"后来,它就会向外辐射其吞噬的物质的所有信息。不过这些信息已经被黑洞撕碎、打破和重整了"。而老庄说:"周而复始""浸假而化予之左臂以为鸡""浸假而化予之右臂以为弹""浸假而化予之尻以为轮""生也死之徒,死也生之始,孰知其纪!人之生,气之聚也;聚则为生,散则为死。若死生为徒,吾又何患!故万物一也,是其所美者为神奇,其所恶者为臭腐;臭腐复化为神奇,神奇复化为臭腐。故曰:通天下一气耳"。将霍金的"黑洞"说同老庄的美女变骷髅、骷髅变泥土、泥土变美女,进行古今中外的长距离比较,真还就找到了极其"吻合"的相似统一。尤其是今天,当人们目睹了黑洞那极富"炫耀"的动感彩照后,骤然间又忍不住发出对爱因斯坦和霍金的称道。尽管这样的比较有些人为的牵强,特别是老庄几千年前凭的是直觉推理,而现代的霍金却是运用了科学的预判。今天的人们大多在感叹霍金的伟大,不管是他生前还是之后,他的一个个理论和判断,真还得到了科学的验证。特别是在关于生死的命题,也是人们极力想要得到慰藉的答案,霍金和老庄的"万物循环不已",得到了更多人的自觉接受。**但置于宇宙宏观之下,老庄的"人人"精神理念,比之霍金"囿于"自然科学的"存亡"推理,就更加显示出强大的生命和感召的力量。世界上没有无缘无故的爱,也没有无缘无故的恨**。放眼地球世界,一个理论、一种思想能为人们接受,并得到支持和拥护,自然有其道理。马克思主义从西方"飞来",居然在古老的东方得到了"繁荣昌盛",

就在于他的理论在实践中得到了伟大成功。也可以肯定地说，基督教、伊斯兰教、佛教，甚至是包括大教之下的一些分支"小教"，一样拥有自己的"信徒"，必也有其中的道理。当然不包括"邪教"。**科学可以是哲学，哲学定是科学**。在自然科学领域，霍金有资格"笑傲江湖"，先哲们也会对其报以"和蔼的微笑"，但同时也会有善意的忠告：**一切的科学论断，都会拥入哲学的怀抱。即使是生死的命题，也同样是概莫能外！**

1950年在一次非正式会议上，著名物理学家、诺贝尔奖获得者费米，在和别人谈论飞碟和外星人时，突然问了一句："他们都在哪里呢？"这就成了著名的"费米悖论"，简单的理解就是"如果外星人存在，那他们会在哪里"这样一个"事实的矛盾"。宇宙的存在已有138亿年，地球46亿年，地球最早出现生命是在38亿年前，而人类的文明史只有一万年，人们可观测的宇宙范围半径达930亿光年，故而人们有了一个基本的"共识"，即无论是时间还是空间，宇宙中存在地球外生命的可能性是肯定的！但可悲的是，时至今日，除了人们的"胡编乱造"，似乎没有一丝地球外文明的踪迹。这就有了一个极其苦恼的解释：一是他们不屑于找到我们；二是他们根本找不到我们。倒是此次黑洞得到证实，人们不仅欢呼爱因斯坦一百年前预判的正确、广义相对论跨世纪的胜利，同时更深层次的，将是运用广义相对论这个"撬动宇宙"的工具，达到其终极追求的目的：预言并证实宇宙最为极端的天体——暗物质。占宇宙96%的暗物质，或者说是占宇宙总质量70%～80%的暗物质，囿于认知的能力，人们无法感知。人们所知的不足 1%，就可决定生死，那 99% 的不可感知，将又会是怎样？不得不又要归置到爱因斯坦的：如果不看月亮的话，月亮的位置是无法被确定的。换言之，月亮之所以在那个位置是因为我们看它。这是量子力学对世界的描述。故而爱因斯坦的伟大之处还在于，之后自己对自己理论的"否定"，并由他推动论导的"量子纠缠"。

一个很是"浪漫"的场面：死神驾到，微微含笑，牵引着脱离了躯体的灵魂，迈入冥光闪烁的"隧道"，乾坤浩荡，天马行空，可上"天堂"，或进"地狱"，在来世"生"的轮回里，以一个精子的坚忍顽强，投胎到激情涌动的卵子怀抱。